Sommaire

La Leçon de piano
et autres diablogues

La leçon de piano

Un joue une note.

DEUX : Non, j'ai dit do.

UN, *chante et joue* : Do.

DEUX : Vous dites do, mais vous me faites un ré.

UN : Je vous fais un ré, moi ?

DEUX : Mais oui, vous me faites un ré. Et comment !

UN : Ah ? Je sais pas comment vous arrivez à faire une différence.

DEUX : Allons, allons ! Une différence ! Y a qu'à regarder ! Où sont les deux petites notes noires ?

UN : Euh… Une deux trois : c'est pas celles-là… Là !

Il joue.

DEUX : Eh bien, je vous ai dit cent fois que le do, c'était juste devant les deux petites notes noires.

UN : Ah ! Ah ! oui ! Ah !

DEUX : Bon. Alors qu'est-ce que vous attendez. Faites-le-moi, ce do.

UN : Eh ! c'est que… eh-eh-eh !

DEUX : Quoi : eh-eh-eh ?

UN : Ben, c'est qu'il y en a plusieurs, des notes comme vous dites, juste devant deux petites notes noires.

DEUX : Prenez n'importe laquelle ! Celle qui est devant votre nombril !

UN : Ah bon, parce que c'est toutes des dos, toutes ces notes-là ?

DEUX : Oui.

UN : Ah bon. Eh bien dites donc, vous en avez des dos, sur votre piano. 1, 2, 3, 4, 5, 6, 7 dos, rien que ça. Et celui-là là-haut en plus, mais on ne peut pas dire que c'est vraiment un do, puisqu'il est pas devant deux petites notes noires, vu qu'à cet endroit-là, c'est la fin du piano. Après c'est du bois.

Il cogne.

DEUX : Oui, eh ben, c'est un do quand même.

UN : Eh ben comme ça, ça vous en fait huit. Huit dos. C'est un piano de luxe, hein, votre piano ? C'est un Pleyel[1], hein ?

DEUX : Écoutez, Monsieur, nous sommes là pour travailler, pas pour faire de la théorie. Sur tous les pianos, y en a huit, des dos, Monsieur, si vous voulez savoir. Maintenant voulez-vous avoir l'obligeance de m'en jouer un.

UN : Bon. Je vais vous jouer, voyons, voyons... Je vais vous jouer celui-là. Pas d'objection ?

DEUX : Oui, eh ben, ça nous verrons. Quand vous l'aurez joué, je vous dirai ce que j'en pense.

Un temps.

1. Marque célèbre, connue pour la qualité de ses pianos.

DEUX : Alors ?

UN : Une seconde. Attendez que je me rappelle... Sais plus, tiens !... C'est drôle, c'est des trucs qu'on se dit : « Je m'en souviendrai, c'est pas difficile ! » et puis résultat, ça m'est complètement sorti de la tête, vous voyez.

DEUX : Quoi ? Je viens de vous dire où il était, ce do ! Jouez-le !

UN : Je le vois bien, ce do : il est là ! Mais pour ce qui est de le jouer, je suis désolé, professeur, mais je ne me rappelle plus comment on fait.

DEUX : Écoutez, Monsieur, vous n'êtes vraiment pas doué. Comment on fait ! On appuie dessus, tout simplement ! Être obligé de vous rappeler cette notion élémentaire alors que nous en sommes à notre 15e leçon, voyons, Monsieur, qu'est-ce que vous voulez que je pense !

UN : Ah non, là, alors, là, non ! Vous me prenez réellement pour un imbécile. Appuyez dessus ! Je sais bien qu'il faut lui appuyer dessus, à ce do. D'ailleurs y a pas qu'à lui qu'il faut appuyer dessus, toutes les notes c'est pareil. Ça n'est pas difficile. Tenez, regardez, histoire de rire, levez-vous un peu de la banquette, que je me lève, vous allez voir comment je vais vous appuyer une bonne douzaine de notes d'un seul coup, tiens...

Fracas : il s'assied sur le clavier.

... rien qu'avec mes fesses !

DEUX : Voulez-vous ! Monsieur, un piano... Rasseyez-vous sur la banquette ! Et tout de suite !

UN : Eh là, doucement, jeune homme. Je vous préviens dès à présent que je ne tolérerai pas que vous me manquiez de respect. N'oubliez pas que je pourrais être votre grand-père.

DEUX : Je ne l'oublie pas, Monsieur, mais mon piano est mon instrument de travail, je n'ai que lui dans la vie et...

UN : Et n'oubliez pas non plus que je vous paye.

DEUX : Sans doute, Monsieur, mais, dans votre intérêt même, je tiens à ce que les leçons que je vous donne, restent euh...

UN : Je plaisantais, Monsieur. Je voulais simplement vous montrer que toutes ces touches, je sais fort bien qu'elles sont faites pour qu'on appuie dessus.

DEUX : Ça dépend avec quoi, Monsieur.

UN : Justement : nous y voilà. Voulez-vous m'aider à tirer la banquette... Ce do, Monsieur le professeur, ce do que voici devant nous, vous allez encore me dire que je ne suis pas doué ! Je me rappelle parfaitement qu'il faut que j'appuie dessus, mais je ne me rappelle pas du tout avec quoi.

DEUX : Ordinairement, on appuie sur les touches d'un piano avec ses doigts, Monsieur.

UN : Mais ce do-là, précisément. Monsieur, avec les doigts de quelle main faut-il que j'appuie dessus ?

DEUX : Avec les doigts d'une main, Monsieur, d'une main prise au hasard.

UN : Alors, on appuie sur n'importe quel do avec les doigts de n'importe quelle main ?

DEUX : Oui, Monsieur. Ça dépend de ce qu'on

veut en faire par la suite, de ce do, n'est-ce pas ? Mais nous n'en sommes pas encore là.

UN : Bon. Alors disons n'importe quelle main : celle-ci par exemple. Pour éviter toute confusion, je vais mettre l'autre dans ma poche… Alors.

DEUX : Do, Monsieur ! J'ai dit do.

UN : Avec quel doigt ? Parce qu'il faut encore choisir.

DEUX : N'importe quel doigt, Monsieur.

UN : Je m'en doutais. Écoutez Monsieur, ce sont drôles de leçons que les vôtres. Qu'est-ce que vous m'avez appris aujourd'hui ? Que je pouvais jouer n'importe quel do en appuyant dessus avec n'importe quel doigt de n'importe quelle main. Dites tout de suite que vous me laissez me débrouiller. Tenez, le voilà, votre do ! *(Il joue ré et chante :)* Do !

DEUX : Vous dites do, mais vous me faites ré !

UN : Pouvez pas le savoir, vous regardiez pas.

DEUX : Mais enfin, Monsieur, pourquoi voulez-vous apprendre à jouer du piano ?

UN : Ce n'est pas moi qui veux, Monsieur, je vous jure bien. C'est mon papa et ma maman.

Le ping-pong

UN : Taping !
DEUX : Tapong ! } *plusieurs fois*

UN : Taping !

DEUX : Tapong ! Vous aimez le…

UN : Taping !

DEUX : Tapong !… le ping-pong ?…

UN : Taping ! Quoi ?

DEUX : Tapong ! Je dis…

UN : Taping !

DEUX : Tapong !… Est-ce que vous aimez…

UN : Taping !… Le ping-pong ?

DEUX : Tapong ! Oui.

UN : Taping ! Et comment !

DEUX : Tapong !

UN : Taping ! Et vous ?

DEUX : Tapong ! Pas moi.

UN : Taping !

DEUX : Tapong !

UN : Taping !
DEUX : Tapong ! } *dix fois, de plus en plus vite.*

UN : Taping !

DEUX : Tic ! Poc ! Poc ! Poc, poc, poc, pocpocpoc-pocpoc. Bien joué.

UN : Ça fait 21 à 18.

DEUX : Eh ben !

UN : Ouf. Vous vous défendez pas mal.

DEUX : Oh ! Ça fait cinq ans que j'ai pas joué.

UN : Tiens ! Votre cousine Paulette, Georges m'a dit l'autre jour, qu'elle aussi, ça faisait cinq ans qu'elle avait pas joué. La dernière fois que vous avez joué, ça devait être ensemble.

DEUX : Non. J'ai jamais joué avec ma cousine Paulette. La dernière fois que j'ai joué, c'était avec Georges.

UN : À cette époque-là, il était fort.

DEUX : Oui, mais y avait cinq ans qu'il avait pas joué. Il avait plus les réflexes. Et vous, il y a longtemps que vous avez pas joué ?

UN : Oh là là, oui. Y a cinq ans. Je me rappelle bien, la dernière fois que j'ai joué, c'était avec ma cousine Paulette, à Limoges.

DEUX : Comment ! Vous aussi, vous avez une cousine qui s'appelle Paulette ?

UN : Depuis le temps que je vous en parle !

DEUX : J'avais pas réalisé. J'ai cru que c'était de la mienne que vous me parliez.

UN : Votre cousine Paulette ? Je la connais pas.

DEUX : Je croyais.

UN : Non, non. Qu'est-ce qu'on fait ? On change de côté ?

DEUX : Oui. Ça m'étonne que vous ne connaissiez pas ma cousine Paulette.

UN : Ça n'a rien d'étonnant, on la voit jamais. Ce qui est drôle, c'est que vous ne connaissiez pas la mienne, de cousine Paulette.

DEUX : Faudra que vous me présentiez.

UN : Ce qui serait amusant, surtout, ce serait de les présenter l'une à l'autre.

DEUX : Vaut mieux pas. Comme je la connais, ma cousine Paulette, elle croirait que c'est une farce, elle voudrait plus me voir.

UN : Oui, la mienne aussi. À vous de servir.

DEUX : Et puis dans le fond, vous savez... Pompong !

UN : Taping !

DEUX : Tapong !

UN : Taping-pouf, poc, poc poc poc.

DEUX : Dans le fond... — Il n'est pas trop haut, le filet !

UN : Je crois pas. 1-0.

DEUX : La balle s'il vous plaît...

UN : Et youp !

DEUX : Dans le fond, votre cousine Paulette et ma cousine Paulette, c'est peut-être la même. De cousine Paulette. Pom-pong !

UN : Ta-pfuit ! Eh ben ! Votre service, il est en progrès. Je l'ai pas vu passer.

DEUX : Parce que du fait qu'on les a jamais vues ensemble...

UN *cherche la balle* : Ensemble ! Toutes les deux ?

DEUX : Non, tous les deux, nous, ensemble, on n'a jamais vu une des cousines Paulette.

UN : Je trouve pas la balle.

DEUX : Si tous les deux ensemble on n'en avait vu qu'une, de cousine Paulette, la vôtre ou la mienne, on aurait bien vu si c'était la même. Regardez voir dans l'aquarium, peut-être qu'elle est tombée dedans.

UN : Ah oui, la voilà. Oui…

Revenant.

Ç'aurait été aussi bien, d'ailleurs si vous tout seul ou moi tout seul on avait vu les deux cousines Paulette ensemble. Parce que du fait qu'elles auraient été ensemble, on aurait su que ce n'était pas la même. De cousine Paulette. 2-0. À vous de servir.

DEUX : Lancez, Lancez. Remarquez…

UN : Et youp.

DEUX : Eh, là, dites, vous pourriez essuyer la balle avant de me l'envoyer. J'ai de l'eau plein la figure.

UN : C'est pas sale.

DEUX : Pas sale, j'en sais rien. Moi, je le connais pas, ce poisson.

UN : C'est pas un poisson, c'est un hippocampe.

DEUX : Prêt ?

UN : Prêt.

DEUX : Pompong ! Pouf… poc, poc, poc. Il est trop haut ce filet.

UN : Qu'est-ce que vous disiez ?

DEUX : Je disais : Pompong !

UN : Taping ! } *six fois*
DEUX : Tapong ! }

Je disais… remarquez…

UN : Taping !

Un temps.

DEUX : Oui. Eh ben ce coup-là, la balle, on peut lui dire adieu.

UN : Oui. Elle redescendra pas.

DEUX : Pas d'idée de taper dessus comme ça.

UN : C'est l'habitude du tennis. Et puis ça fait tout de même cinq ans que j'ai pas joué.

DEUX : Oui, mais ça, vous savez, ça fait partie des règles du ping-pong. Pour y jouer, faut toujours qu'on y ait pas joué depuis cinq ans. Je n'ai jamais joué qu'avec des gens que ça faisait au moins cinq ans qu'ils y avaient pas joué, comme moi.

UN : Enfin, tant pis.

DEUX : Je vais tout de même chercher dans le tiroir, si des fois il y en aurait pas une autre.

UN : Vous aviez commencé à dire quelque chose.

DEUX : Oui. Je disais que ça m'étonnerait que ma cousine Paulette et la vôtre soient la même, de cousine Paulette. Parce que pour ça, il faudrait que nous soyons un peu de la même famille, tous les deux.

UN : C'est pas invraisemblable.

DEUX : Non, mais ça se saurait.

UN : Vous en trouvez une ?

DEUX : J'en ai trouvé une, oui, mais c'est pas une balle de ping-pong.

UN : C'est quoi ?

DEUX : C'est une pièce de cinq francs.

UN : C'est pourtant pas pareil. Comment peut-on prendre une pièce de cinq francs pour une balle de ping-pong ?

DEUX : J'ai bien vu tout de suite que c'était pas une pièce de cinq francs. Mais comme c'était une balle de ping-pong que je cherchais, il a bien fallu que je me demande si c'en était pas une.

UN : C'est drôle, les hippocampes.

DEUX : Ça y est, en voilà une.

UN : Une, c'est déjà bien. Mais avez-vous vérifié une quoi c'était ? Parce que si c'est pas une balle de ping-pong, ça n'avance à rien.

DEUX : Oui, oui, c'est une balle de ping-pong. Vous venez ?

UN : C'est vrai, tout de même, que ça ressemble rudement à un cheval.

DEUX : 3-1, ça fait. Vous venez ?

UN : On se demande comment on le sait, d'ailleurs, que ça ressemble à un cheval. Parce que moi, je n'ai jamais vu un cheval et un hippocampe côte à côte.

DEUX : Moi non plus. Prêt ?

UN : Et comme, d'autre part, la première fois que j'ai vu un hippocampe je ne l'ai pas du tout confondu avec un cheval, je me demande d'où peut bien me venir le sentiment qu'ils se ressemblent.

DEUX : Ça fait 3-1. Prêt ?

UN : Oui, prêt.

DEUX : Ça, y a pas de doute que ce qui devrait

frapper d'abord, quand on voit un hippocampe, c'est que c'est extrêmement différent d'un cheval.

UN : C'est même tellement différent que pour penser à un cheval en voyant un hippocampe, la première réflexion qui vient c'est qu'il faut être cinglé.

DEUX : Oui. C'est peut-être que tous les gens qui regardent des hippocampes sont des cinglés. Prêt ?

UN : Allez-y. Ou bien que la contemplation des hippocampes rend fou.

DEUX : Pompong !

UN : Pitrac !

DEUX : Pitruc !

UN : Pitrac !

DEUX : Pitruc !

UN : Pi-pouf, tric, tric, tric, tric.

DEUX : Elle est cassée.

UN : On ne peut pas jouer avec ça.

DEUX : Pas de chance. Pour une fois que je gagne.

B.B. ou Musicologie

À jouer avec des temps de réflexion très longs.

UN : Parce qu'il y a une chose qu'il faut jamais oublier, n'est-ce pas ? Une chose qu'il faut avoir tout le temps présente à l'esprit, sans ça on ne comprend pas… C'est qu'à ce moment-là, au moment où il écrivait ça… eh ben, il était sourd.

DEUX, *après un temps* : Beethoven.

UN : Beethoven. Sourd. Et sourd des deux oreilles.

DEUX : Ouais…

UN : Ouais !

DEUX : Ouais, mais quand même : c'est pas avec ses oreilles qu'il écrivait ? hein ?

UN : Beethoven ?

DEUX : Beethoven.

UN : Non. Je n'ai pas dit ça.

DEUX : Il écrivait comme tout le monde, Beethoven. Avec ses doigts. C'est pas parce qu'il était sourd qu'il ne pouvait pas écrire.

UN : Non.

DEUX : Alors, faut pas dire ça.

UN : Quoi : ça ?

DEUX : Eh bien ce que vous dites.

Un temps.

UN : Quoi, quoi… Il n'était pas sourd, Beethoven ?

DEUX : Si.

UN : Alors ?

DEUX : Mais c'est pas ça qui l'empêchait d'écrire.

UN : Justement ! C'est ça, qui est extraordinaire !

DEUX : Extraordinaire ! Mais mon pauvre ami, moi qui vous parle, quand il faut que j'écrive, vous savez ce que je fais ?

UN : Non.

DEUX : Je me bouche les oreilles. Pour ne pas entendre les autos — le raffut qu'ils font dans la rue. Avec de la cire, je me les bouche.

UN : Les oreilles ?

DEUX : Les oreilles.

UN : Eh bien ça prouve que vous n'êtes pas Beethoven, voilà tout.

DEUX : Moi ?

UN : Mais oui, vous, parfaitement. Ne faites pas la bête.

Un temps.

DEUX : Beethoven ! Moi !

UN : Vous, oui. Pas Beethoven, bien sûr : vous.

DEUX : Mais je ne vous ai jamais dit que j'étais Beethoven !

UN : Je sais bien que vous n'êtes pas Beethoven...

DEUX : Seulement quoi ?

UN : Seulement vous faites comme lui.

DEUX : Pour écrire !

UN : Pour écrire, oui. Vous l'imitez.

DEUX : Je me bouche les oreilles ?

UN : Oui.

DEUX : Oh, ben naturellement, c'est moi qui vous l'ai dit.

Un temps.

De là à conclure que je me prends pour Beethoven... Dites !...

UN : Y a qu'un pas.

DEUX : Oui, mais y a un pas.

UN : Et un pas de géant. Parce que vous avez beau vous boucher les oreilles pour écrire, eh ben, ce que vous écrivez, hein !...

DEUX : C'est pas de la musique.

UN : C'est pas de la musique.

DEUX : Non.

UN : Non.

DEUX : C'est plutôt une lettre à ma petite sœur, par exemple.

UN : Eh oui.

DEUX : Remarquez...

UN : C'est joli quand même !

DEUX : Oui.

UN : Mais c'est pas de la musique.

DEUX : Non.

UN : Je ne vous le fais pas dire.

DEUX : Non. Vous ne me faites rien dire du tout. Je dis ce que je veux.

UN : Que vous dites.

DEUX : Et ce qui prouve que j'ai raison, c'est que Bach, hein ?

UN : Bach…

DEUX : Jean-Sébastien.

UN : Bach, oui. Eh ben ?

DEUX : Eh ben, il était pas sourd.

UN : Non. Mais Bach, c'est pas pareil.

DEUX : Non, c'est pas pareil.

UN : C'est un classique.

DEUX : C'est un classique, Bach.

UN : Bach.

DEUX : Bach. Tandis que Beethoven…

UN : C'est le contraire.

DEUX : Voilà. C'est le contraire. Beethoven. Bach.

UN : Pas exactement.

DEUX : Non.

UN : Bach.

DEUX : Le contraire ?

UN : De Beethoven.

DEUX : Bach ? Non.

UN : Non.

DEUX : C'est de la musique quand même. On a beau dire ceci, on a beau dire cela, eh ben tous les deux, hein ?

UN : C'est de la musique. D'ailleurs, Beethoven lui-même, quand il était plus jeune, quand il avait dans les...

DEUX : Oui, quand il avait l'âge de Bach...

UN : Eh bien, Beethoven lui-même, il était pas sourd.

DEUX : Du tout.

UN : Du tout.

DEUX : À cette époque-là, Beethoven, il aurait entendu voler une mouche.

UN : Oh ! plus que ça. Deux, trois, quatre mouches, il aurait entendu voler.

DEUX : Surtout qu'il y en avait, des mouches, à cette époque-là.

UN : Oui.

DEUX : Oui.

UN : M'enfin tout ça, c'est de l'histoire, c'est de la musicologie[1], on va pas discuter...

DEUX : Non. Du moment que nous, on n'est pas sourd, eh ben...

UN : Eh ben...

DEUX : Eh ben... *(rires)*.

1. Science qui étudie la musique.

Au restaurant

DEUX : Garçon !

UN : Garçon.

DEUX : C'est ici ?

UN : C'est ici.

DEUX : Il y a du monde.

UN : Il y a personne.

DEUX : C'est pareil, on n'est bien nulle part. Ça n'a pas l'air d'un restaurant.

UN : Ce n'est pas un restaurant. C'est un restaurant turc.

DEUX : Garçon !

UN : Je boirais bien quelque chose.

DEUX : Je vous retiens avec votre restaurant turc.

UN : Je crois que le mieux, si vous avez faim, ce serait de s'en aller.

DEUX : C'est exactement ce que vous m'avez dit chez moi tout à l'heure.

UN : Non. Tout à l'heure, c'est moi qui avais faim.

DEUX : Oui, et vous m'avez dit : le mieux puisque j'ai faim, ce serait qu'on s'en aille.

UN : Pas de ma faute s'il n'y a rien à manger chez vous.

DEUX : Alors nous sommes partis. Résultat...

UN : Résultat, je n'ai plus faim. C'est un résultat.

DEUX : Oui, seulement c'est moi qui commence à avoir faim. À cette heure-ci.

UN : Drelin drelin !

DEUX : Pourquoi vous faites : drelin drelin ?

UN : Ça, c'est vous qui m'avez appris le truc, le jour où la sonnette marchait pas, vous avez fait : drelin drelin. Vous m'avez même dit que c'était du Molière.

DEUX : Oui, drelin drelin c'est dans le malade malgré lui. Non, dans le médecin imaginaire.

UN : Tous les malades, c'est malgré eux qu'ils sont malades, et tous les médecins, c'est des médecins imaginaires. Molière, il aurait pas écrit des platitudes pareilles.

DEUX : C'est dans le malade imaginaire, je veux dire. Drelin drelin.

UN : Eh bien moi, je dis ding ding, parce que pour appeler le garçon, on prend son couteau et on frappe sur son verre. Ça fait ding ding. Seulement, comme je n'ai pas de couteau, et que je n'ai pas de verre non plus, je fais ding ding tout seul, avec ma bouche. Ding ding.

DEUX : Oui. Eh bien, ça ne fait pas venir le garçon. Depuis trois quarts d'heure qu'on est là ! Ah, c'est bien une idée à vous, de venir au restaurant quand on a faim.

UN : Moi, ce qui m'étonne, c'est que vous ayez

encore faim. Parce que moi, quand j'ai vu passer le lapin aux épinards, là-bas, tout à l'heure, eh bien ça m'a coupé l'appétit.

DEUX : Bien sûr, si vous avez pris ça pour un lapin aux épinards, je comprends que ça vous ait dégoûté. C'était l'omelette à la mode du chef.

UN : Non, non, non. J'ai parfaitement reconnu la forme du lapin. C'était un lapin en décomposition. Je sais bien comment c'est fait, un lapin en décomposition.

DEUX : Mais non. On l'aurait senti.

UN : Oh, mais je l'ai senti.

DEUX : Pourquoi voulez-vous qu'ils servent du lapin en décomposition, dans ce restaurant ? Personne ne viendrait plus.

UN : Justement. Personne ne vient plus. Regardez autour de vous. Y a personne. Ce qui fait illusion, c'est les bougies.

DEUX : Ah, ben si, tout de même, regardez là-bas, au fond, dans la petite salle, y a une réunion de messieurs.

UN : Ah oui. Ça doit être un banquet.

DEUX : Oui. Les regardez pas comme ça, ils nous ont vus.

UN : Ils n'ont pas l'air de s'amuser follement. Qu'est-ce que ça peut être ?

DEUX : Des anciens élèves, sûrement.

UN : Ça devait être pour eux, le lapin aux épinards.

DEUX : Ben vous voyez, ils n'en sont pas morts.

UN : Oh, ils n'ont pas bonne mine.

DEUX : Ah, mais je les connais !

UN : Comment, vous les connaissez ! tous ?

DEUX : Oui.

UN : Qui c'est ?

DEUX : C'est nous.

UN : Oh, non ! Vous peut-être, mais pas moi, c'est pas possible.

DEUX : Si, tous les deux. Vous ne savez pas observer. Regardez bien l'horloge, juste derrière eux, au-dessus de leur tête.

UN : Je la vois, oui. Elle n'a rien de spécial.

DEUX : Rien de spécial, non ! Mais essayez donc un peu de lire l'heure qu'il est, à cette horloge.

UN : Ah oui, tiens, c'est curieux. Elle a été montée à l'envers, cette horloge.

DEUX : Vous êtes bête, vous savez !... Regardez leurs vestons, à ces bonshommes.

UN : Ils ont des vestons, oui.

DEUX : Eh bien c'est pas des vestons ordinaires. Au lieu de se boutonner la gauche sur la droite, hein... allons, allons, un petit effort.

UN : Ah oui. Ils ont boutonné leurs vestons à l'envers. La droite sur la gauche. Eh bien, vous, vous êtes rudement observateur.

DEUX : Oui, mais vous, vous êtes vraiment bouché.

UN : Pourquoi ils les ont boutonnés comme ça, leurs vestons ? Dites, c'est peut-être ça qu'on appelle des invertis[1] ?

---

1. Homosexuels.

DEUX : Des quoi ? Non, mais vous êtes complètement... complètement... complètement...

UN : Complètement stupéfait, oui. En tout cas, c'est sûrement des étrangers.

DEUX : Complètement !

UN : Ça doit être des Turcs.

DEUX : Ah non, mais vous êtes complètement...

UN : Ah, mais vous m'agacez ! Vous n'arrêtez pas de me dire que je suis complètement, complètement ! Complètement quoi ? Surveillez-vous, mon vieux, vous devenez complètement, euh...

DEUX : Non, mais il est complètement...

UN : Ah ! Ça suffit comme ça !

DEUX : Oh ! Je n'aurais jamais cru ça de vous !

UN : Vous feriez mieux de regarder les Turcs. C'est des gens très curieux. Regardez, y en a la moitié qui piquent une espèce de crise, regardez ! ils s'arrachent les cheveux ! Ça doit être une tradition, à la fin des repas, chez les Turcs... Ah non, mais réellement ça devient de l'hystérie[1] ! Ils sont tout rouges ! Dites, ça ne doit pas être des Turcs, vous savez. Ils sont plus civilisés que ça, les Turcs.

DEUX : C'est pas des Turcs, andouille ! C'est une glace. Le gars qui s'arrache les cheveux, c'est moi, et celui qui a l'air d'une andouille, c'est vous.

UN : Ah ? c'est nous ? — Jamais j'aurais cru que nous étions aussi nombreux. Qu'est-ce que vous prenez ?

DEUX : C'est la carte ?

UN : C'est la carte.

---

1. Excitation intense.

Carte

Un et Deux la lisent ensemble et alternativement.

La terrine du chef
Le pied du chef
Le museau du chef
L'œil du chef
Les turqueries farcies à la grecque
Les salopes milanaises
L'œuf cocu
Le trou normand[1]
La truite de Schubert[2]
La poule salée sur canapé
La vieille andouille
Le frein de grenouille à disques
L'escargot venu tout seul sur commande
(8 jours d'avance)
La saucisse du chef dans son étui
Le matelot breton en hachis à la salade fixe
La salade mobile
Le Chirac sauce madère
La banane en gondole
Le laissez-pisser de mouton
Le bœuf en tube
Le changement de garniture
Le dentier neuf pommes pont neuf

---

1. Alcool digestif pris au milieu du repas.
2. L'une des plus célèbres composition de Franz Schubert (1797-1828) s'intitule *La Truite.*

Le cure-dent du chef
Le paf du chef selon grosseur
Non ! le pif du chef
Non ! le pouf du chef
Non ! le pif paf pouf du chef
Le cornichon maison
La maison du chef
La gueule du client
Les fruits du labeur
Le café turc
Le qu'a pas fait exprès
La table garnie
Les sièges
Le restaurant
Les bougies
La carpette[1]
Maison du chef

UN : Moi, je prends un radis maison, une garniture garnie et une garçonnière meublée.

DEUX : Je ne vous conseille pas la garçonnière meublée, on dirait du sable.

UN : Je croyais que c'était un genre de jardinière.

DEUX : La jardinière à la Cosaque, c'est bon, mais c'est pas la saison.

UN : Je prendrais bien « l'œuf servi dans sa poule », mais je me connais, je ne dormirai pas de la nuit. Alors je terminerai par un veau nature.

DEUX : Et avec ça, on se tape un pichet ?

---

1. Petit tapis, sorte de paillasson.

UN : Un pichet de quoi ?

DEUX : Un pichet d'eau.

UN : Drôle d'idée de servir l'eau en pichet.

DEUX : Ça doit leur revenir moins cher. Pour moi, il est mort.

UN : Qui ?

DEUX : Le garçon.

UN : Non. On l'aurait entendu.

DEUX : Pas forcément. Il y a des gens qui meurent sans faire de bruit.

UN : Oui, mais pas les gens qui portent de la vaisselle.

DEUX : N'empêche, c'est pas un endroit où il faut venir quand on a faim, votre restaurant.

UN : Vous avez toujours faim ?

DEUX : Non. Je n'ai plus faim du tout. J'aurais plutôt envie d'aller au cinéma.

UN : Vous avez un tempérament instable.

DEUX : Non, mais vous m'avez coupé l'appétit. J'ai une barre sur l'estomac.

UN : Eh bien moi, je sens que je recommence à avoir faim. J'ai un tempérament cyclique : ça va, ça vient, ça se promène.

DEUX : Ding, ding ! L'addition !

UN : Comment l'addition ? on n'a rien consommé !

DEUX : Au restaurant, il y a toujours une addition. Ça serait trop commode : on entre, on s'installe, on bavarde et puis hop, on s'en va sans rien payer ! Ma parole, c'est la première fois que vous entrez dans un restaurant !

UN : Oh, mais c'est que j'ai très faim. On s'en va ?

DEUX : Je me demande pourquoi je resterais dans ce restaurant, puisque je n'ai pas faim, et je me demande pourquoi vous y resteriez, puisque vous avez faim.

UN : Alors en route. Tenez, voilà les Turcs qui s'en vont aussi.

DEUX : Dites pas de bêtises.

UN : Ah oui, c'est vrai, je suis bête. Dites-moi, vous êtes sûr que c'est nous, tous ces gens ? Moi, ça m'étonne.

DEUX : Garçon, l'addition !

UN : Le voilà qui arrive.

DEUX : Oui. Ah, ça ! quand c'est pour l'addition, ils sont tout de suite là.

Musique de placard

UN : Tsimm !

DEUX : Tsimm !

UN : Ratapataplan !

DEUX : Tsimm !

UN : Bof !...

Pause.

UN : C'est pas beau, ça ?

DEUX : Si, c'est beau.

UN : C'est pas de la musique ?

DEUX : Si.

UN : Qu'est-ce qu'on a besoin d'un grand orchestre, avec des instruments à cordes, des instruments à vent, pourquoi pas des instruments à plume, sans compter les percussions et un von Karajan[1] ? Où c'est qu'elle est la musique dans tout ça ?

DEUX : Tout ça c'est du bruit tout autour de la musique, c'est un emballage qui fait de l'effet sur les masses populaires, voilà tout.

---

1. Célèbre chef d'orchestre autrichien (1908-1989).

UN : Quand on aime vraiment la musique, on n'a pas besoin de tout ça.

DEUX : Non. Mais tout de même, je le trouve un peu austère, votre concerto.

UN : Ça, c'est parce que j'ai voulu. C'est pas un concerto grosso[1], mon concerto. C'est plutôt un brandebourgeois[2] que j'ai voulu faire. J'ai pas cherché l'effet à tout prix, moi, ce qui m'intéresse surtout c'est la solidité de la construction. Alors forcément, ça donne une impression de sobriété.

DEUX : Tout de même, moi je trouve que vous avez tort de vous priver des avantages de la mélodie. Vous savez, les gens, ils aiment bien pouvoir chanter la musique qu'ils entendent.

UN : Les gens, les gens, on n'a pas besoin des gens. La musique ça n'a rien à voir avec les gens. Moi, la musique, c'est un plaisir intime que je cherche dedans. Et je peux dire que je le trouve, parce que je ne sais ce que vous ça vous a fait, mais moi ça m'a fait rudement plaisir de le jouer à deux, mon concerto. Depuis le temps que je me cassais la tête à le jouer tout seul, dans ce placard ! Vous comprenez, on a beau faire, ça c'est un concerto qu'il faut être deux pour le jouer.

DEUX : Oui. Vous croyez vraiment qu'on ne pourrait pas aller le jouer ailleurs que dans ce placard votre concerto ? J'étouffe moi.

UN : Non, il vaut mieux pas. D'abord ça convient

1. Forme musicale écrite pour un ensemble comprenant de nombreux instruments.

2. Références à des concertos célèbres du compositeur allemand Jean-Sébastien Bach (1685-1750).

très bien à son caractère intime. C'est beaucoup plus intime que la musique de chambre[1], c'est vraiment ce qu'on peut appeler de la musique de placard. Et puis, ce qu'il y a surtout, c'est que ma femme est là.

DEUX : Elle n'aime pas votre musique ?

UN : Non. Je dois dire que ça, ça a été une des déceptions les plus douloureuses de ma vie. À chaque fois qu'elle voit que je compose, et pourtant ça fait pas de bruit, quand je compose, eh bien elle me jette un verre d'eau à la figure. Et je vous assure, quand on est plongé dans une composition musicale qui vous absorbe complètement, au point qu'on ne fait plus attention à rien... (tenez ! hier en écrivant ça, je me suis aperçu tout à coup que je bavais !) — eh bien quand on est dans un état comme ça, c'est pas agréable de recevoir un verre d'eau dans la figure !

DEUX : Faudrait vivre tout seul, quand on est artiste.

UN : Et quand c'est l'être qu'on aime le plus au monde qui vous fait ça, faut vraiment avoir la musique dans le sang pour continuer à en faire. Ah mon pauvre ami, non, non je ne suis guère heureux. J'ai bien du mal à vivre.

DEUX : Mais si, vous êtes heureux. Vous avez votre art. Votre souffrance, si vous avez la force morale de l'exprimer dans votre musique, vous êtes sauvé.

UN : Oui, peut-être. Mais je ne suis pas sûr d'avoir du génie.

---

1. Composition qui demande un petit nombre d'instrumentistes seulement.

DEUX : Mais si, vous en avez.

UN : Vous allez voir, l'andante[1] de mon concerto, tout à l'heure. Toute ma tristesse, j'ai fait passer dedans. Vous verrez.

DEUX : Pourtant le premier mouvement m'a paru d'une franche gaieté.

UN : Fallait bien. Le contraste, c'est indispensable, dans l'art.

DEUX : On pourrait peut-être entrouvrir la porte du placard ?

UN : Non, non, surtout ! Si ma femme nous entend, elle va ouvrir la radio plein gaz, à l'endroit où il y a du rock'n'roll. Il y aura plus moyen de jouer de la musique. Et puis, en plus, elle ne vous fera rien pour le dîner.

DEUX : Alors, continuons, la bougie va s'éteindre.

UN : Non, j'aimerais qu'on reprenne le premier mouvement, parce que vous n'y étiez pas.

DEUX : Oh ben forcément, c'était la première fois. Déchiffrer, c'est pas commode.

UN : Allons-y. Vous y êtes ?

DEUX : J'y suis.

Ils jouent ensemble la partition ci-après.

UN : Un deux trois…

Un poursuit tandis que Deux essoufflé s'arrête et crie.

1. Morceau qui suit un rythme musical assez lent.

DEUX : Hep ! Hep ! Hep !

UN : C'est dur, hein ?

DEUX : Ce ne serait pas beau, si c'était pas dur.

UN : Mais... Vous ne jouez pas dans le mouvement.

DEUX : Je sais bien. Je manque de souffle. Je manquerais moins de souffle, d'ailleurs, si votre bougie faisait un peu moins de fumée. Vous devriez la changer, je pleure comme un veau.

UN : Oui, ben... faut que je fasse des économies. Si ma femme s'aperçoit que je dépense en bougies l'argent du ménage, je peux dire adieu à la musique.

DEUX : Ce serait dommage, parce que c'est beau. C'est fou ce qu'il y a comme trouvailles, dans votre morceau. J'aurais pas cru qu'on pouvait faire des choses aussi touffues et complexes, et variées, et tout, rien qu'avec des tagadag et des patapan.

UN : Vous voyez ? Moi-même je m'embrouille, tellement c'est riche, comme matière. Et vous voulez en plus que j'introduise de la mélodie là-dedans, et des harmonies, et des instruments, et des Karajan ? Allons, allons, c'est pas sérieux. S'il s'était rendu compte de ça, Beethoven, il aurait pas écrit ce qu'il a écrit.

DEUX : À la seconde audition, on comprend mieux, déjà. Tenez, y a un passage que je trouve épatant, c'est quand ça fait : Patapan, patapan, patapan, tacpiftagadag, pan pan, et puis tout de suite après, tout doucement l'introduction du : pim, pim... pim-pim... Et puis alors, une trouvaille c'est le tsouin-tsouin de la fin.

UN : Oui. Oh, ça, le tsouin-tsouin, c'est déjà une concession au goût du public. Mais vous allez voir l'andante.

LENTO
Deux
Un
PAN! PAN! PAN! PAN! PAN! PAN! PAN! PAN! PAN!
(VALSE)
Pim! Pim! PIM!
PAN! POF! POUTRIC! TROC! TAC!
PIMPIM! PAF! TRAC! PITRUC!
PAFRIC! FLIC!
Une pause. Piano
TRIC FRIC?
MINCE!...
VIVACE
PATAPAN! PATAPAN! TAC! TAGADAG!
PATAPAN! PATAPAN! PIF!
FORTE
TAGADAG!
TSOUINTSOUIN!
Pause
Silence
TAGADAG!
TSOUINTSOUIN!
MYSTERIOSO, VALSE LENTE
Chrouif! Chrouif! Chrouif!
KRIDUF, FLACHE! KRIDUF, CRUCHE!
Maestoso
PRESTISSIMO !
ATCHI! ATCHI!
Oh! Hé!
TAGADAG TAGADAG...
TIQUITIC TIQUITIC TIQUITIC TIQUITIC
(il tousse)
TIQUITIC TIQUITIC...
(et caetera)

DEUX : Trop tard, la bougie s'est éteinte.

UN : Ça fait rien, ça commence par un solo, je le sais par cœur, je vais vous le jouer.

DEUX : On ferait peut-être mieux d'aller dîner, votre femme doit se demander ce qu'on est devenu.

UN : Oh, me parlez plus de ma femme. Qu'est-ce que c'est qu'une femme, à côté de la musique. D'abord, les femmes, ça meurt.

DEUX : Moi, ce que j'en dis, c'était plutôt par politesse. Je vous écoute, mais faites vite.

UN : Je peux pas faire vite, c'est un andante.

DEUX : Allez-y.

UN : Hum, hum. Ratapataplan… tapataplan… pataplan… taplan… plan… Ratapataplan… tapataplan… pataplan… c'est là que vous intervenez taplan… plan…

DEUX : J'ai un briquet. Allez-y.

UN : Ratapataplan… tapataplan…

DEUX : Badabadaboum !

UN : Pataplan !

DEUX : Dabadaboum !

UN : Taplan !

DEUX : Badaboum !

UN : Plan !

DEUX : Dadoum !

UN : Vous voyez, c'est un genre de fugue.

DEUX : Oui, c'est triste.

UN : Mais c'est beau.

DEUX : « Beau ». Oui.

Le compte-gouttes

UN : 1, 2, 3, 4, 5, 6, 7, 8, 9 et 10. Dix gouttes, il m'a dit le docteur. Dans un peu d'eau sucrée, avant les deux principaux repas.

DEUX : Vous êtes sûr que vous en avez mis dix ? Moi, j'en ai compté douze.

UN : Vous êtes sûr ?

DEUX : Je me suis peut-être trompé. J'en ai compté treize, mais la dernière on n'en parle pas, c'était une bulle. Enfin, ça n'a pas d'importance. L'important c'est que vous, vous soyez sûr de votre compte.

UN : Sûr, sûr... Comment voulez-vous que je sois sûr. Faudrait que je recompte.

DEUX : Moi, à votre place, je recompterais, parce que sur le flacon, c'est marqué : « Ne pas dépasser la dose prescrite ».

UN : Ben oui, mais comment voulez-vous que je les recompte, moi ! Les gouttes, maintenant, on ne les voit plus. Elles se sont mélangées dans le verre.

DEUX : Oh ben alors, ça fait rien.

UN : Comment, ça fait rien.

DEUX : Ben oui, du moment qu'elles se sont mélangées, c'est plus des gouttes. C'est une flaque. Il peut pas y en avoir douze... Il ne peut pas y en avoir dix non plus d'ailleurs.

UN : Alors je me demande vraiment pourquoi je me serais donné la peine de les compter avec mon compte-gouttes !

DEUX : Ah moi aussi ! C'est des drôles de gouttes ! Je ne sais pas comment vous avez pu les compter, parce que dans le flacon, j'en vois pas non plus.

UN : Mais mon pauvre ami, c'est dans le compte-gouttes qu'elles étaient ! D'ailleurs c'est bien simple, je vais les remettre dedans.

DEUX : Oh, elles voudront pas y retourner.

UN : Je voudrais bien voir ça ! Avec un compte-gouttes comme j'en ai un !

DEUX : C'est vrai qu'il est superbe.

UN : Je pense bien ! C'est un compte-gouttes de Besançon. Y a pas plus puissant comme compte-gouttes. Vous allez voir comment elles vont y remonter et plus vite que ça.

DEUX : Vous croyez qu'elles vont y remonter dans l'ordre ?

UN : Non, mais ça ne fait rien. Le docteur, il a dit dix gouttes, il n'a pas spécifié qu'il fallait que je les choisisse particulièrement.

DEUX : Ça ne fait rien, ça ne doit pas être bon pour la santé, des gouttes qui se sont mélangées comme ça.

UN : L'essentiel, c'est que ce soit des gouttes. Et puis regardez bien, parce que je vous préviens que ça va plus vite dans ce sens-là que dans l'autre.

DEUX : Allez-y. Je suis curieux de voir ça.

UN : Youpe !

DEUX : Non, pas youpe, ffuite, ça a fait. Ffuite.

UN : Voilà ce que j'appelle un compte-gouttes. Un outil soigné comme ça, je vous jure qu'on peut faire du bon boulot avec.

DEUX : Oui, seulement elles sont remontées trop vite, vos gouttes. Vous n'avez pas eu le temps de les compter.

UN : J'ai pas essayé. Un compte-gouttes, si vous saviez un peu ce que c'est, ça ne fonctionne que dans un sens.

DEUX : Ah.

UN : Ça compte les gouttes qui sortent, pas les gouttes qui rentrent. Y a un sens quoi. C'est comme les tire-bouchons.

DEUX : Oh, ça hein…

UN : Quoi : Oh ça ?… Les tire-bouchons, ça tire les bouchons vers le haut, le compte-gouttes ça pousse les gouttes vers le bas.

DEUX : Vous êtes sûr que c'est vraiment un compte-gouttes de Besançon ?

UN : Tout ce qu'il y a de plus authentique. C'est maman qui l'a acheté là-bas.

DEUX : Elle est de Besançon votre maman ?

UN : Oui.

DEUX : Oui… ça vous savez, ce n'est pas une raison, parce qu'y a pas que votre maman qui soit de Besançon. Y a des tas de gens qui sont de Besançon. Et puis il me semble qu'un compte-gouttes vraiment perfectionné, ça devrait compter les gouttes dans les deux sens : quand elles entrent et quand elles sortent.

UN : Je vous demande un peu à quoi ça servirait de les compter deux fois, les gouttes, pour un compte-gouttes. Et puis ça aurait l'air malin si on trouvait pas le même compte la deuxième fois.

DEUX : C'est pourtant ce que vous êtes obligé de faire en ce moment, de les compter une deuxième fois, vos gouttes.

UN : Oui, mais ça, c'est de ma faute. Quand on compte quelque chose, faut faire attention ; si j'avais fait attention, j'aurais pas besoin de les compter une deuxième fois.

DEUX : Ah bon, parce qu'en plus c'est vous qui devez faire attention. C'est vous qui devez les compter, vos gouttes. Le compte-gouttes, lui, il ne compte rien du tout.

UN : Et alors ? Le tire-bouchon non plus, il tire pas tout seul, faut y mettre du sien.

DEUX : Si c'est tout à fait comme un tire-bouchon, j'appelle pas ça un compte-gouttes moi, j'appelle ça un pousse-gouttes. C'est un pousse-gouttes. Votre maman s'est fait avoir.

UN : Ah ça bien sûr, si j'avais de l'argent à gaspiller, je m'achèterais un compte-gouttes automatique.

DEUX : Ça se trouve, ça ?

UN : Forcément puisque tous les taxis, ils en ont un. Oui, sous le tableau de bord. Ça fait tictac et ça marche tout seul.

DEUX : C'est pas les gouttes que ça compte, ça, c'est les kilomètres.

UN : Allons ! Les chauffeurs de taxi, ils n'ont aucune raison de compter les kilomètres, parce que les kilomètres, c'est pas à eux, alors, ils peuvent pas les vendre.

DEUX : Alors à quoi il leur sert leur compteur ?

UN : À compter les gouttes d'essence. C'est un compte-gouttes.

DEUX : Ah !

UN : Vous permettez que je compte mes gouttes ?

DEUX : Attendez ! Montrez-les-moi d'abord. Bon. Alors : où c'est que vous les voyez vos gouttes ?

UN : Je peux pas vous les montrer puisqu'elles ne sont pas faites.

DEUX : Je me demande vraiment à quel moment elles existent vos prétendues gouttes.

UN : Pas avant que je les fasse sortir.

DEUX : Vous ?

UN : Moi. Du compte-gouttes.

DEUX : Alors non seulement il est pas capable de les compter, mais il est même pas capable de les faire tout seul ! C'est pas lui, le compte-gouttes ! Le compte-gouttes ? Le compte-gouttes, c'est vous !

UN : Un compte-gouttes c'est comme une trompette. Pour jouer de la trompette, il faut une trompette et un trompette.

DEUX : Une trompette et un trompette, ça fait deux trompettes.

UN : Non.

DEUX : Non ! Alors si vous-même ne savez pas compter ! Une trompette et un trompette, ça fait quoi ?

UN : Ça fait de la musique.

DEUX : De la musique… Eh bien je ne vous le fais pas dire. La musique, c'est comme les gouttes. On peut pas la compter. Parce que ça existe juste au moment où ça sort de la trompette, avant y en a pas, après y en a plus.

UN : Avant y en a pas ! Mais si y en avait avant que je les compte, mes gouttes, j'aurais pas besoin de compte-gouttes ! Je pourrais les compter avec mes doigts !

DEUX : Si vous pouviez les compter avec vos doigts, ce serait pas des gouttes.

UN : Ce serait quoi ?

DEUX : Des billes.

UN : Des billes ?

DEUX : Des billes.

UN : C'est ça qui serait bon pour ma santé.

DEUX : S'agit pas de santé, s'agit de compter. Prenez un sac de billes.

UN : Pour quoi faire ?

DEUX : On va faire de l'arithmétique, vous allez voir.

UN : Je préférerais faire des gouttes.

DEUX : On ne fait pas de l'arithmétique avec des gouttes. Y a qu'à ouvrir n'importe quel traité d'arithmétique, tenez, voilà le Chénevier, eh ben tout de suite il vous dit : Prenez un sac de billes. Jamais il ne vous dira : prenez un sac de gouttes. Alors prenez un sac de billes.

UN : C'est bien pour vous faire plaisir.

DEUX, *lisant l'authentique « Précis d'Arithmétique » de Chénevier, Hachette, 1931* : Combien y a-t-il de billes dans ce sac ?

UN : Je vais vous dire ça.

DEUX : Ah ben non ! si vous comptez, c'est trop facile ! Attendez. Combien y a-t-il de poulets dans cette cage ?

UN : …

DEUX : Combien y a-t-il de maisons dans cette rue ? Combien y a-t-il de fenêtres dans cette caserne ?

UN : Laquelle ?

DEUX : N'importe laquelle.

UN : Eh ben…

DEUX : « Eh ben ! » La réponse à ces diverses questions est un nombre. Quatre roues c'est une roue puis encore une roue puis encore une roue… puis encore une roue. Quatre pieds c'est un pied *(etc.)*… Quatre soldats c'est un soldat, etc. Nous pourrions écrire : quatre point-point-point, c'est un point-point-point puis encore un point-point-point *(etc.)*…, et mettre toujours le même mot à la place de point-point-point, et là il y a une liste : marron, encrier, couteau, homme, fauteuil…

UN : Gouttes…

DEUX : Non, pas gouttes ! goutte ça y est pas.

UN : Ça devrait y être parce que quatre gouttes, c'est une goutte, puis encore une goutte, puis encore une goutte puis encore une goutte.

DEUX : Non ! Ça, ça fait pas quatre gouttes, ça fait une fuite. Prenez un sac de billes.

UN : Encore ?

DEUX : Gardez celui que vous avez, on ne le dira pas. Sortons-en une que nous mettons sur la table.

UN : Voilà.

DEUX : Sortons-en une autre. Il y en a alors sur la table une et…

UN : Deux.

DEUX : Non pas deux. Une et deux ça fait trois. Il y en a une et une. Nous dirons qu'il y en a deux. Si nous en posons une autre encore sur la table, il y en aura ?…

UN : Trois.

DEUX : Vous êtes sûr ? Ah oui, vous avez raison. « Nous dirons qu'il y en aura trois. »

UN : C'est peut-être pas la peine de dire ça.

DEUX : Attendez. « Avant cette opération il n'y avait pas de billes sur la table. Nous dirons qu'il y en avait ?… »

UN : Pas.

DEUX : Non, pas pas. « Nous dirons qu'il y en avait zéro. Zéro est un nombre qui exprime l'absence d'objet. » Eh bien l'absence d'objet, la voilà. Elles sont absentes, vos gouttes. Y en a zéro ici, y en a zéro là et y en aura toujours zéro. « Prenez un sac de billes ! »

UN : Encore ! Vous croyez que c'est comme ça que vous avez appris l'arithmétique, vous ?

DEUX : Non, mais c'est comme ça que j'ai appris à jouer aux billes.

UN : Allez, rendez-moi mon compte-gouttes, parce que c'est pas en jouant aux billes que j'arriverai à me purger[1], moi.

1. Purifier.

DEUX : Qu'est-ce que vous voulez, je ne sais plus quoi vous dire, moi.

UN : Eh bien ne me dites plus rien.

DEUX : Comptez-les, vos gouttes ! Elles vont encore se mélanger, et ce sera comme si vous n'aviez rien fait, avec votre Besançon ! Tandis que moi, mes billes, pas besoin de compte-billes, elles se comptent toutes seules. Et je suis bien sûr que si je les compte, ça va pas faire une flaque. Vous allez voir.

UN : Vous permettez que je compte mes billes. Mes gouilles ? mes gouttes ?

DEUX : Ça ne me gêne pas. Une, deux, trois *(etc.)*… douze…

UN : Une, deux, trois *(etc.)*… Dix. Dix.

DEUX : Douze.

UN : Vous êtes sûr ?

DEUX : Non.

UN : Je vais tout de même en retirer deux. C'est plus prudent.

DEUX : C'est avec votre compte-gouttes que vous comptez les retirer ?

UN : Oui.

DEUX : Vous savez bien que vous ne pouvez pas les compter à reculons, vos deux gouttes, c'est vous qui l'avez dit.

UN : Vous avez raison. Eh bien je vais les compter directement. Avec ma bouche.

DEUX : Oh, non ! c'est pas prudent ! Surtout ne dépassez pas la dose prescrite ! Attendez, je vais compter avec vous.

Un boit le contenu du verre avec des bruits de déglutition à chaque goulée. Deux les compte en observant les mouvements de la pomme d'Adam.

DEUX : Une, deux, trois *(etc.)*... onze ! J'en ai compté onze !

UN : Dix. La onzième... *(Il rote.)*... c'était une bulle.

Monstres sacrés

UN : Dans Bérénice, elle était extraordinaire. Je l'ai vue vers 1900, 1901. Mais je m'en souviendrai toujours. Elle avait une façon de s'amener, vous savez… comme ça : pof ! C'était Bérénice. Et pourtant, moi, je connais bien Bénérice[1], ça aurait dû me choquer de la voir arriver comme elle arrivait, en costume de golf, avec un chapeau melon, et le visage tout noir. Eh bien non, c'était Bérénice.

DEUX : Elle avait du charme.

UN : Non. Vous pensez, à l'époque, elle avait dans les soixante-dix ans, et à dix-huit ans déjà elle était laide comme un bout.

DEUX : Comme un pou, vous voulez dire.

UN : Je ne sais plus. Non, comme un bout, mais, un bout de quoi ? je ne pourrais pas vous dire. Un bout de fromage, peut-être, mais quel fromage, là, vous m'en demandez trop. Mais alors ! Pour une Bérénice, c'était une Bérénice. On se demande où elle allait

1. Personnage principal d'une tragédie de Racine, c'est une reine de Palestine amoureuse d'un empereur romain obligé de la renvoyer chez elle parce qu'elle n'est pas romaine.

chercher ses trucs. Je la vois encore : elle faisait son entrée comme ça. En marchant.

DEUX : En marchant ?

UN : Oui. Comme ça, tenez : le pied gauche par terre, elle levait le pied droit, et hop ! Elle le posait devant le pied gauche. Et à ce moment-là, couic ! Au lieu de continuer à se servir de son pied droit, n'est-ce pas ? Comme on s'y attendait ; puisqu'elle avait commencé à remuer celui-là, il n'y avait pas de raison pour qu'elle change... eh bien non : elle laissait son pied droit par terre, et zioupe ! Voilà son pied gauche qui s'envole. Médusé[1], on était. Et alors, tenez-vous bien, au moment où on se dit : tiens elle a changé de pied, c'est le pied gauche qui est important et qui va tout faire, ha ! — Elle vous le repose tout bonnement par terre, comme s'il ne l'intéressait plus, on voit qu'elle pense : non, tout compte fait, je préfère l'autre, et voilà son pied droit qui repart. Et comme ça jusqu'à ce qu'elle soit arrivée au milieu de la scène, jamais le même pied deux fois de suite : droite, gauche, droite, gauche, droite, sauf une fois, pour éviter la monotonie, où elle utilisait le même pied trois fois de suite : Tim, ti-tim, ti-tim. Vous pensez ! Rien que ça, le public à la fin il était tendu comme une arbalète.

DEUX : Mince.

UN : Alors, là, vous comprenez, elle prenait tout son temps. Elle remontait sa culotte de golf, elle se mouchait, ça aurait pu durer des heures.

1. Stupéfait.

DEUX : Ah ça ! c'est le suspince, qu'est-ce que vous voulez.

UN : Et alors tout à coup, quand il y avait déjà la moitié de la salle qui avait fichu le camp, croyant que c'était fini, voilà son silence qui grossit, qui grossit, elle ne bouge plus d'un poil, ça devient d'une pesanteur qu'on aurait dit un orage, et... Crac ! La voilà qui parle.

DEUX : Mince.

UN : Ha ! Alors là ! C'était le coup de bambou, la façon comme elle parlait !

DEUX. C'était encore mieux ?

UN : Ho ! C'est que ses effets, elle savait les graduer. Toujours de plus en plus forts. Elle ne vous lâchait pas. Tendu comme une arbalète, on était ? On n'en pouvait plus ? Eh ben la seconde d'après, c'était plus comme une arbalète, qu'on était tendu, c'était comme une catapulte !

DEUX : Mince.

UN : Écoutez. Moi, je connais Bérénice par cœur, hein. À l'époque, même, je peux dire que c'était sur le bout du doigt que je la savais par cœur, Bérénice. Eh ben croyez-moi si vous voulez, je ne reconnaissais plus le texte. Elle avait une façon de vous resservir ça, on n'aurait plus dit la même chose, c'était tout neuf, comme si ça venait de sortir de la bouche de Racine. Tenez, sa première tirade, quand Bérénice entre, là, juste après ce silence énorme où elle se mouchait, et tout, ah ! Moi, rien que d'y penser, c'est bien simple, je suis suffoqué.

DEUX : Suffoqué, oui.

UN : Elle tapotait d'abord une ou deux fois son partenaire sur l'épaule comme ça, et puis elle disait... Sans intonation, comme ça, elle disait... Hahhhh...

DEUX : Mince.

UN : C'est pas fini, attendez. Elle disait hahhhh... Tu dors, Brutus ?

Un temps.

DEUX : Pourquoi elle disait ça ?

UN : Comment, pourquoi ? Je suppose que c'est parce qu'il dormait, ce brave homme.

DEUX : Oui. Oui... Ça, sûrement. Il devait même dormir profondément, Brutus, ce soir-là, si on jouait Bérénice[1].

UN : Ah mais je vous l'ai dit : on ne reconnaissait plus le texte. Attendez que je me souvienne. Hahhh... tu dors Brutus ? elle faisait. Et puis elle se penchait sur lui avec une expression langoureuse, sensuelle, vous savez ? Comme ça, et elle disait : Oui ! c'est Agamemnon, c'est ton roi qui t'éveille[2].

DEUX : Mince.

UN : Hein !

DEUX : Pourtant, elle le savait bien, que ce n'était pas vrai.

UN : Non. Elle était vraiment dans la peau de son personnage. Elle y croyait.

DEUX : C'est beau, ça.

---

1. Notation humoristique : il n'y a pas de Brutus dans la pièce *Bérénice.*

2. Premier vers d'*Iphigénie* de Racine.

UN : Elle mélangeait tout, mais elle y croyait. Elle croyait à tout, globalement, sans distinction. Faut dire aussi qu'en 1900 elle n'était déjà plus ce qu'elle était en 1855.

DEUX : Oui. Elle buvait.

UN : Oh, y avait pas que ça. Mais quelle actrice !

DEUX : Je l'ai vue l'année dernière encore, dans Phèdre. Moi, une femme comme ça, j'appelle ça... savez-vous comment ?

UN : Non.

DEUX : Un monstre sacré. Un sacré monstre, si vous voulez, mais un monstre sacré.

UN : Et... bonne nageuse, en plus.

DEUX : Remarquez, moi, quand je l'ai vue dans Phèdre[1], c'est-à-dire l'année dernière, on peut dire qu'elle avait complètement renoncé à la natation.

UN : Et pourtant, Dieu sait si elle nageait bien !

DEUX : Oui, mais...

UN : Ce style ! Et non seulement elle nageait bien, mais elle nageait vite !

DEUX : Oui, mais...

UN : Je l'ai vue en 1927 dans le bassin d'Arcachon, eh bien on aurait dit une torpille.

DEUX : Oui, mais l'année dernière, quand même, le théâtre, pour elle, c'était le bout du monde. À son âge vous savez...

UN : Oui.

---

1. Autre personnage d'une pièce de Racine, *Phèdre*, tout comme Hippolyte et Théramène.

DEUX : Parce que dans la natation, malgré tout, il y a un facteur qui joue, n'est-ce pas, c'est l'eau.

UN : L'eau, oui. Au théâtre, il n'y a pas d'eau.

DEUX : Non, surtout dans une pièce comme Phèdre, où il n'y a pas de mise en scène à proprement parler. Quand ils ont besoin de la mer, par exemple, eh bien Hippolyte, on ne le voit pas courir sur la place avec ses chevaux, au moment où il faut qu'il se casse la figure, non, eux, ils ne se cassent pas la tète, ils vous font tout bonnement un petit récit de Théramène[1], et puis on n'en parle plus.

UN : Vous pensez ! C'est bien plus commode.

DEUX : Ah non, ce n'est pas comme…

UN : Du tout.

DEUX : Du tout du tout.

UN : Du tout du tout.

DEUX : Non. Mais… euh… qu'est-ce que je disais, déjà ?

UN : Sais plus.

DEUX : Ah oui ! L'année dernière, dans Phèdre, eh bien elle avait dans les… euh…

UN : Quatre-vingt-sept, quatre-vingt-huit ans.

DEUX : Oui, eh bien je vous jure que…

UN : Elle ne les paraissait pas.

DEUX : Si. Tous. On aurait pu les comparer, tous les quatre-vingt-huit, tellement on les voyait. Et même

---

1. Du temps de Racine on ne pouvait pas montrer de morts sur scène, ce sont des témoins qui étaient chargés de venir raconter la mort tragique des personnages principaux. Le récit de Théramène est un des chefs-d'œuvre du genre.

quatre ou cinq ans de plus, qui s'étaient glissés dans le tas, pour faire nombre. Mais alors ! quelle présence !

UN : Vous pensez ! déjà à quinze ans, elle avait de la présence. Alors, à quatre-vingt-huit, vous pensez ce que ça peut faire, on ne peut plus appeler ça de la présence, ça devient de l'insistance, ce qu'elle a maintenant.

DEUX : Écoutez, je n'ai jamais employé ce mot-là à propos de personne, mais dans Phèdre je l'ai trouvée... ah oui, y a pas de doute, je l'ai trouvée fourmidiable.

UN : Non.

DEUX : Ah, oui.

UN : Vous êtes sûr ?

DEUX : Non. Parce que ce mot-là, si je ne l'emploie jamais, c'est pour une raison bien simple ; je ne sais pas exactement s'il a le sens que je suppose.

UN : Fourmidiable ?

DEUX : Oui. Une chose fourmidiable pour moi, mais je n'en suis pas sûr, c'est une chose qui donne des fourmis. Non ?

UN : À qui ?

DEUX : Au diable.

UN : Des fourmis au diable ? Des fourmis dans quoi ?

DEUX : Je ne sais pas. Dans la queue au diable, par exemple.

UN : Oui. Peut-être. Mais... Allez vérifier si une chose donne des fourmis dans la queue au diable !

DEUX : Pas possible.

UN : Pas possible.

DEUX : C'est pour ça que je n'emploie jamais ce mot-là. Enfin, disons que dans Phèdre, elle était strottinette.

UN : Oui. Ça, tout le monde comprend.

DEUX : Et pourtant, faut bien dire qu'elle n'avait plus tous ses moyens. Elle marchait plus toute seule, n'est-ce pas...

UN : Non. Fallait la porter.

DEUX : Ah, non, non. Tout de même, elle y mettait du sien. Elle marchait, on aurait dit. Seulement, on voyait bien que pour marcher, il lui fallait des domestiques. Quatre domestiques, elle avait. Il y en avait un pour le pied droit, un pour le pied gauche, un pour le buste, et puis alors une domestique pour lui tenir la tête droite. Vous comprenez, ils avaient beau s'effacer au maximum, et même au maximum, comme dit ma machine à écrire, eh ben, on les voyait.

UN : Forcément.

DEUX : Mais ça n'avait pas d'importance : elle était là. C'était une sorte de miracle, qui s'opérait. On la posait sur un fauteuil, et le tour était joué on ne voyait plus ses domestiques, ni ses rides, rien ! on ne voyait plus que Phèdre. Alors vous pensez si on s'amusait, parce que Phèdre, c'est drôlement aux pommes.

UN : Le texte, oui, c'est éternel, on peut dire. Et beau en plus.

DEUX : « Beau », oui. Le texte, remarquez, elle avait un cinquième domestique qui le disait à sa place, en se cachant derrière son fauteuil.

UN : Ça fait rien, ça. Il restait les jeux de physionomie.

DEUX : Même pas. Les jeux de physionomie, c'était un sixième domestique qui les faisait. Il était debout derrière elle, déguisé en coiffeur, et il lui tirait sur la peau de la figure.

UN : Et c'était bien ?

DEUX : Une ovation, on lui a fait ! Elle ne s'en est même pas rendu compte, d'ailleurs, elle était complètement saoule.

UN : Oui. Avec le talent qu'elle a, elle a bien le droit de picoler un peu.

DEUX : Mais oui.

UN : Moi, je l'ai vue la semaine dernière dans…

DEUX : Britannicus[1] ?

UN : Non. Dans… dans…

DEUX : Andromaque[2] ?

UN : Non. Dans l'autobus… Eh bien ! eh eh eh !

DEUX : C'est pas pareil !…

UN : Non c'est pas pareil, mais…

DEUX : C'est pas pareil.

UN : Non. Mais tout de même…

DEUX : C'est pas pareil.

Fausse sortie.

1. Tragédie de Racine.

L'apéritif

UN : Heureusement que vous êtes là.

DEUX : Bien gentil de me dire ça. Vous avez besoin de moi ?

UN : Je ne sais pas encore, mais je suis un peu inquiet. Vous ne me trouvez rien de spécial ?

DEUX : Non, rien. Qu'est-ce que vous avez ?

UN : Ah, vous voyez, vous me demandez ce que j'ai.

DEUX : Non, non, je vous jure que ça ne se voit pas.

UN : « Ça ne se voit pas ! » Qu'est-ce qui ne se voit pas ?

DEUX : Je ne sais pas. Je ne vois rien.

UN : Comment, vous ne voyez rien ! Regardez-moi ! Vous n'allez pas me dire que vous ne voyez pas mon nez, par exemple.

DEUX : Bien sûr que si, je le vois. Qu'est-ce qu'il a, votre nez ?

UN : Mon nez ? Mais c'est à vous de me le dire, s'il a quelque chose, mon nez ! Il a quelque chose d'extraordinaire ?

DEUX : Absolument pas. Un peu rouge, peut-être.

UN : Je pense bien. Je suis complètement soûl.

DEUX : Vous ! Mais ça ne vous arrive jamais !

UN : Jamais. Je ne sais pas ce qui m'a pris. C'est la faute à Georges. Il a voulu absolument me faire goûter un nouvel apéritif. « Tu verras, c'est sensationnel ! » il me dit. Et puis voilà. Oh, mais c'est que je ne vais pas bien du tout.

DEUX : Vous ne supportez pas l'alcool.

UN : D'habitude, si. Mais en réalité, ce doit être un apéritif sans alcool.

DEUX : Alors, vous ne pouvez pas être soûl.

UN : Vous avez raison. Je ne suis pas soûl à proprement parler. C'est quelque chose de tout différent.

DEUX : Comment il s'appelle, cet apéritif ?

UN : Je ne sais plus. Du pnipe ou du strape, quelque chose comme ça.

DEUX : Et c'est bon à boire ?

UN : Ce n'est pas mauvais. Ça n'a absolument aucun goût. Ça rappelle un peu l'eau, vous savez ? L'eau du robinet. Ils disent qu'il faut boire ça glacé. Georges en raffole. C'est tout nouveau. Et puis c'est tonique. Mais la prochaine fois, je prendrai un vermouth. Oh, voilà que ça recommence.

DEUX : Vous souffrez ?

UN : Pas du tout, non. Ça se déplace. Tenez, en ce moment, c'est dans le genou.

DEUX : Montrez voir.

UN : Vous voyez quelque chose ?

DEUX : Oui, je vois votre genou.

UN : Oui, mais mon genou : rien d'anormal ?

DEUX : Rien.

UN : C'est bien ce que je pensais. C'est à l'intérieur que ça se passe.

DEUX : Mais, qu'est-ce que vous ressentez exactement ?

UN : Absolument rien.

DEUX : Comment, rien ?

UN : Enfin, je ressens mon genou, comme d'habitude, mais à part mon genou, je ne ressens absolument rien. Hop ! c'est parti ! Ça va mieux. Une chose certaine, c'est que c'est la dernière fois que je bois un apéritif sans savoir ce que c'est. Tenez, goûtez, j'en ai acheté une demi-bouteille.

DEUX : Je veux bien. Un liquide qui ne me ferait rien, tiens ! Je voudrais bien savoir ce que ça me fait. Fft...

UN : Pas trop vite. Alors ?

DEUX : Vous avez raison. Tous ces trucs-là, c'est chimique.

UN : Je sens que ça revient.

DEUX : Vaudrait mieux appeler un docteur.

UN : Qu'est-ce que je lui dirais au docteur ? Je vous le dis, c'est indéfinissable. Regardez ma tête. Vous ne vous apercevez de rien ?

DEUX : Non.

UN : Eh bien moi non plus. Dans ma tête, en ce moment, c'est exactement comme si je n'avais pas bu cet apéritif.

DEUX : Mais alors, comment vous rendez-vous compte que c'est dans votre tête ?

UN : Je m'en rends compte, parce que c'est dans ma tête que ça se passe.

DEUX : Essayez de penser à votre pied, pour voir.

UN : À mon pied ? Qu'est-ce qu'il a, mon pied ?

DEUX : Peut-être qu'il n'a rien, mais essayez tout de même.

UN : Ah oui... ah oui, maintenant que vous m'y faites penser, oui, j'éprouve la même sensation dans mon pied... attendez... eh bien oui, je l'éprouve aussi dans l'autre pied... et dans les mollets... et aussi dans le dos... oui, maintenant, c'est partout pareil.

DEUX : Vous m'effrayez. Vous êtes sûr que c'est cet apéritif ?

UN : Qu'est-ce que vous voulez que ce soit ?

DEUX : Vous n'avez pas l'air de souffrir.

UN : Non, non. Je suis pris des pieds à la tête. Et des pieds à la tête, c'est exactement la même chose, ça me fait... ça me fait...

DEUX : Mais dites-le, à la fin, ce que ça vous fait ! Pour que je sache ce que ça va me faire.

UN : Eh bien, ça me fait... Ça me fait rien du tout. Absolument rien du tout. C'est extraordinaire.

DEUX : Oui, eh bien voulez-vous mon avis ? Ce n'est pas votre apéritif qui vous fait cet effet-là. Parce que moi, ça me fait pareil.

UN : Alors qu'est-ce que c'est ?

DEUX : C'est l'existence.

UN : L'existence ?

DEUX : Oui, l'existence. Je le sais, parce que moi, l'existence, ça me fait la même chose. À chaque fois que j'existe, c'est pareil.

UN : Vous existez souvent ?

DEUX : Non, j'ai autre chose à faire. C'est vous, avec votre apéritif.

UN : Moi, ça ne m'était jamais arrivé.

DEUX : C'est la première fois que vous existez ? Ça s'arrose ! Venez, je vous paye l'apéritif. Un bon apéritif, là, qui existe depuis des siècles.

UN : Je veux bien, mais dites-moi, ça ne se voit pas trop, que j'existe ?

DEUX : Il n'y a pas de honte. Et puis de toute façon, l'existence, vous verrez, ça s'en va comme c'est venu, plus facilement qu'une migraine et sans aspirine.

La poche et la main

UN : Ce que vous en avez, des noix ! dites donc !

DEUX : Plein ma poche.

UN : Eh ben ! Jamais on n'arrivera à manger tout ça. C'est qu'elle est grande votre poche !

DEUX : C'est une poche à soufflets.

UN : Vous vous habillez pratique. Votre tailleur c'est qui ?

DEUX : Je m'habille toujours chez Marron, parce que pour le complet, c'est la couleur que je préfère. On peut se rouler dans n'importe quoi, personne n'y voit rien. Mais il n'y a que le complet qui soit de chez Marron. Les poches, je les fais toujours poser après, par un spécialiste. Vous voyez : une poche pour chaque chose, il n'y en a pas une pareille. Une poche pour la main droite, une poche pour la main gauche, et pour y mettre la main droite, dans la poche de gauche, faut pas y penser, on n'y arrive pas.

UN : Forcément, faudrait que vous vous tordiez en spirale. Ou alors que vous vous mettiez à l'envers dans votre pantalon.

DEUX : Vous voulez rire. Même en me mettant à

l'envers dans mon pantalon, ma main droite n'entrerait pas dans ma poche gauche. C'est comme si vous vouliez y mettre une orange, elle n'y tiendrait pas. C'est des poches sur mesure. À l'intérieur, c'est fait comme des gants.

UN : Et alors ?

DEUX : Eh ben, c'est comme si je voulais mettre ma main droite dans un gant gauche, c'est pas possible.

UN : Pourquoi ? Vous n'avez pas les deux mains faites pareilles ?

DEUX : Comment ! « Je n'ai pas les deux mains faites pareilles ! » Elles sont aussi pareilles que les vôtres, mes mains. Regardez. Si on ne les voyait pas ensemble, on les prendrait l'une pour l'autre, tellement elles se ressemblent.

UN : Si elles se ressemblaient tant que ça, elles pourraient entrer dans le même gant.

DEUX : Oui. Y a quelque chose de pas normal, là-dedans. Montrez-moi voir les vôtres.

UN : Moi c'est pas pareil, j'ai des poches ordinaires, des poches de chez Poche, où on peut mettre n'importe quoi. Ça ne me gênerait pas si mes deux mains n'étaient pas tout à fait semblables. Je pourrais mettre mon pantalon à l'envers tout de même.

DEUX : Ben vous voyez, ça trompe, les mains. On a l'impression comme ça, qu'elles se ressemblent, et même on serait embêté s'il fallait dire ce qu'elles ont de différent, et puis...

UN : Ce qu'elles ont de différent surtout, la main droite et la main gauche, c'est qu'elles ne sont pas situées au même endroit.

DEUX : Ça c'est vrai. Mais il y a autre chose, c'est qu'en réalité, elles font semblant de se ressembler. Regardez bien.

UN : Oui, vous avez raison. Elles font semblant. Laquelle des deux croyez-vous qui imite l'autre ?

DEUX : Sais pas. Ça doit être la plus jeune qui imite la plus vieille.

UN : Pas possible. Moi, mes deux mains, elles ont le même âge.

DEUX : Quel âge elles ont ?

UN : Le même âge que moi.

DEUX : En tout cas, vos mains, elles sont comme les miennes : elles s'imitent très mal.

UN : Oui. Ça serait plutôt le contraire d'une imitation. Parce que plus je les regarde, plus je trouve qu'elles sont différentes. Au point qu'il y a rien de plus différent de ma main droite que ma main gauche.

DEUX : C'est bien simple, entre les deux, il n'y a que des différences. C'est même une réussite, d'arriver à être dissemblable à ce point-là.

UN : Vous croyez qu'elles l'ont fait exprès ?

DEUX : Sûrement. Y a une main qui s'est dit : faut pas que je sois comme l'autre main et elle a pris exactement le contre-pied.

UN : Oui. C'est drôle. Comme moyen d'arriver à se ressembler, c'est pas banal, ça. Comme quoi il n'y a rien qui ressemble à une chose que le contraire de cette chose.

DEUX : Oui. C'est riche d'enseignement, d'être bimane. On n'a qu'à regarder ses deux mains pour se rendre compte que l'esprit de contradiction est tout de même capable d'obtenir de beaux résultats.

UN : Tenez, votre main droite, eh bien, elle ressemble bien plus à ma main droite que ma main gauche.

DEUX : C'est pour ça qu'il faut être deux pour se serrer la main. Vos deux mains toutes seules, elles n'auraient jamais l'idée de se serrer la main.

UN : Elles pourraient pas, regardez : elles ne vont pas ensemble. Elles n'entrent pas l'une dans l'autre.

DEUX : Et c'est encore un enseignement, ça. Le bon Dieu, s'il avait voulu nous faire comprendre qu'il faut se serrer la main les uns les autres, il ne s'y serait pas pris autrement. Parce que je ne sais pas si ça vous fait comme à moi, mais moi, rien que d'avoir essayé de me donner une poignée de main, eh ben ça me donne des envies de main droite dans ma main droite.

UN : Tenez, voilà la mienne.

DEUX : Bonjour. Comment ça va ?

UN : Pas mal et vous ?

DEUX : Oui. C'est un peu bête de se dire ça, comme ça.

UN : C'est un réflexe. Ce doit être comme ça que la vie sociale a pris naissance chez les hommes. Comme ils ne pouvaient pas se serrer la main chacun tout seul dans son coin, ils ont eu l'idée de se serrer la main entre eux, alors fatalement, ils se sont dit : bonjour comment ça va. À partir de ce moment-là, ils se sont mis à causer. La glace était rompue.

DEUX : Et ça, ça ! Ce n'était possible que pour le genre humain, justement ! Parce qu'il fallait au moins avoir deux mains, ce que n'avaient pas les éléphants par exemple, qui sont tellement intelligents par ailleurs…

UN : Les éléphants, y a un facteur qui joue, c'est la trompe.

DEUX : Oui… Et il fallait pas non plus en avoir plus de deux, des mains. Parce que, regardez les singes qui en ont quatre, eh bien rien ne les empêche de se serrer la main droite tout seul avec l'autre main droite, la main droite du pied. Résultat, les singes sont restés des singes, et pour la vie sociale, ils lui ont dit adieu. Tandis que nous, on n'est pas restés des singes, vu qu'on avait des pieds.

UN : Comment, « on avait des pieds » ! Mais mon cher, on les a toujours ! Jetez un coup d'œil par terre, ils sont là.

DEUX : Eh oui ! Solides au poste. Dans leurs chaussures.

UN : Oui. Sacrifiés, dans un sens, car ce ne doit pas être bien drôle, l'existence du pied. Le soulier comme confort, on a beau faire, ça ne vaut pas le gant. Ça ne vaut pas la poche.

DEUX : Pauvres pieds, qu'on ne met jamais dans ses poches. Qui ne se serrent jamais entre eux. Comme ils sont loin de nous !

UN : Rien de moi n'est plus loin de moi que mes pieds. Quelle tristesse dans leur exil…

DEUX : Et pourtant c'est sur eux que repose le genre humain, c'est à eux que nous devons d'être mieux que des singes, et c'est parce que nos pieds sont captifs que nous avons les mains libres !

UN : Et la tête ! Libre. Car finalement, les singes, qui paraissent plus doués que nous pour un tel exercice, ce n'est pas eux qui jouent du piano à quatre mains : c'est nous.

DEUX : Tout de même, il faudra que je demande à mon spécialiste s'il ne pourrait pas me faire des poches à pied, dans mon complet Marron.

UN : Non. Il ne faut pas les habituer à la paresse, les pieds. « Qui se promène les pieds dans ses poches, il arrive qu'il croie marcher encore, cependant que déjà, et sans que rien l'en avertisse, il rampe. »

DEUX : Quoi ?

UN : C'est un dicton du folklore cul-de-jatte.

DEUX : Enfin, tout ça pour vous dire qu'en ce qui concerne les noix, on ne mourra pas de faim ; ma poche à noix, on ne pourrait plus y loger une noisette, tellement elle est pleine.

UN : Vous en avez des poches !

DEUX : Et encore, il y en a que vous ne voyez pas. Il y en a des secrètes. J'ai quelque part par là une poche à cœur, par exemple.

UN : Vous avez des cœurs dedans ?

DEUX : En ce moment, je n'en ai pas beaucoup. Je n'arrive plus à en trouver. Je n'ai qu'un cœur dans ma poche à cœurs, mais faut dire qu'il est plutôt lourd.

UN : C'est le cœur à qui ?

DEUX : C'est le cœur à moi.

UN : Et ça, c'est une poche à quoi ?

DEUX : C'est une poche à poches. C'est là que je range les poches dont je ne me sers pas.

UN : Et qu'est-ce que vous avez encore comme poche secrète ?

DEUX : La grande...

UN : La grande ?

DEUX : La grande poche. La poche à moi, la poche à vous. La poche à nous, quoi.

UN : Si elle était si grande que ça, cette poche, on devrait la voir.

DEUX : C'est que vous ne regardez pas où il faut.

UN : Où est-elle cette grande poche ?

DEUX : Je ne sais pas où elle est. Mais nous on est dedans.

L'arbre de Noël

La salle à manger de Un. Un sapin l'emplit.

UN : Oh, non, non, vous n'y arriverez pas comme ça. Il faut vous mettre à plat ventre et ramper. Soyez sans crainte, le plancher est propre.

DEUX : Pour me mettre à plat ventre, il faut que je ressorte d'abord de la salle à manger, hein ?

UN : Non, vous pouvez culbuter en avant par-dessus la grosse branche qui est à la hauteur de vos genoux. Après, vous avancerez un peu avec vos mains, pour dégager vos pieds.

DEUX : Allons-y. Et hop. J'y suis. Alors, là, il faut que je fasse la brouette, seulement j'ai personne pour me tenir les pieds ; pas commode, pas commode. Peux pas. Regardez voir si je suis pas accroché.

UN : Si. C'est la martingale[1] de votre pardessus. Il y a une branche qui s'est glissée dedans. Ne bougez pas, vous allez faire du gâchis.

1. Passant de ceinture au dos d'un manteau.

DEUX : Je peux essayer de retirer mon pardessus en me tenant sur une seule main.

UN : Non, ne bougez pas. J'y vais.

DEUX : Ah, pour un bel arbre de Noël, c'est un bel arbre de Noël.

UN : Ça sent bon, hein, le sapin.

DEUX : Oui. Tout de même, à votre place, j'en aurais acheté un plus petit. Un arbre de Noël, les gens aiment bien pouvoir tourner autour. Et puis, ça va sûrement embêter votre femme, d'être obligée de passer à travers pour faire le service. Je me vois mal, dans cette situation-là, avec en plus un plat de petits-fours. Et puis, je suppose que vous allez mettre des bougies un peu partout.

UN : Bien sûr. Mais ne vous en faites pas : je l'ai fait ignifuger[1], mon sapin. Il ne brûlera pas.

DEUX : Vaudrait peut-être mieux faire ignifuger aussi les invités.

UN : Pas trop fatigué ?

DEUX : Je commence à avoir un peu mal dans les avant-bras.

UN : Tenez bon. J'arrive.

DEUX : Où êtes-vous ?

UN : Là où je suis, vous ne pouvez plus me voir. Je passe par le haut, parce que c'est plus commode.

DEUX : Soyez prudent. Dans le haut, les branches sont moins solides.

UN : Vous en faites pas. Je commence à le connaître, mon sapin. Vous n'imaginez pas le mal qu'on a eu à

1. Rendre ininflammable.

l'introduire dans cette salle à manger, qui est une belle salle à manger, je ne dis pas, mais tout de même une salle à manger exiguë. Hep, hep, hep ! Ah, ah !... Qu'est-ce que je vais faire ?

DEUX : Vous avez glissé ?

UN : Oui. Je ne sais plus très bien où j'en suis. Est-ce que vous pouvez me voir, d'où vous êtes ?

DEUX : Non, je vois vaguement des branches qui remuent, mais je ne vous vois pas.

UN : Oh, c'est un beau sapin, bien épais. Je ne me suis pas fait voler. Essayez tout de même de me voir. J'aimerais bien que vous me donniez quelques précisions sur la manière dont je suis accroché. Je n'arrive pas à me rendre compte.

DEUX : Ah, c'est pas votre pied que j'aperçois là-haut, près du lustre ? Remuez-le, pour voir.

UN : Je le remue. Vous le voyez bouger ?

DEUX : Non, ça ne bouge pas. Ça ne doit pas être votre pied.

UN : Attendez, je vais remuer l'autre. Vous voyez quelque chose ?

DEUX : Oui ! — Ah, ben comme ça, non, je ne vois plus rien. Vous avez donné un coup de pied dans le lustre.

UN : Oui, c'était mon pied droit. — Il fait rudement noir, hein ?

DEUX : Qu'est-ce que vous devenez, là-haut ?

UN : Je suis à peu près certain que j'ai la tête en bas, parce que mes oreilles bourdonnent.

DEUX : Tant pis pour la martingale de mon pardessus. En forçant un peu, c'est bien le diable si y a pas un bouton qui pète.

UN : Restez où vous êtes ! Je connais votre femme : vos boutons ne s'arrachent pas comme ça. C'est ma branche qui va se casser. Attendez, j'ai une lampe de poche.

DEUX : Je ne peux pas vous laisser suspendu là-haut dans le noir, tout de même.

UN : Je vais me débrouiller. N'abîmez pas mon arbre.

DEUX : Non ! Mais quelle idée vous avez eue d'acheter un arbre de Noël gros comme ça ! Moi je vous le dis : il est trop gros. Je ne voulais pas vous le dire pour ne pas vous vexer, mais il est trop gros, voilà.

UN : Je pense bien : on a été obligé d'enlever une partie du plancher, pour le redresser verticalement. Nos voisins d'en dessous ont été gentils. Ils nous ont prêté leur table, pour qu'on puisse poser les racines dessus. Ah, comme arbre de Noël, je crois qu'on ne peut pas faire mieux.

DEUX : Alors, vous la trouvez, votre lampe de poche ?

UN : Une seconde. Je vais d'abord tenter mon rétablissement.

DEUX : Faites vite. J'ai les avant-bras qui mollissent.

UN : Posez votre tête par terre et appuyez-vous dessus, ça vous reposera.

DEUX : Trop gros, trop gros, votre arbre de Noël. Ah ! vous avez entendu ? Ma martingale vient de céder. Allumez votre lampe. Allumez votre lampe, je vous dis. Hé ! Qu'est-ce que vous devenez ? J'y vois rien du tout, moi. Hé ! où êtes-vous ? Ben, dites-moi quelque chose ! Vous ne vous sentez pas bien ? Hé !... (pourvu qu'il ne lui soit rien arrivé !)... Hôhô... Courage ! J'arrive ! Qu'est-ce que c'est que ça ?... Non, c'est pas possible, je vais me perdre. Je m'en souviendrai, de son arbre de Noël. C'est bien de lui. Acheter un arbre de Noël comme ça, c'est de l'orgueil ! ni plus ni moins. Je n'aurais jamais cru que sa salle à manger était aussi grande. Avec ça, je n'ai pas le sens de l'orientation, je ne sais pas où je vais. Qu'est-ce qu'il a bien pu devenir ? Je ne le retrouverai jamais, là-dedans. Et puis alors, ce que ça peut être poisseux, les sapins ! Ah, ben me voilà bien ! Je ne peux plus bouger. Plus qu'à attendre qu'il fasse jour.

UN, *de loin* : Hou, hou !

DEUX : Ah, enfin, le voilà. Allumez votre lampe !

UN : Venez ! J'ai trouvé une clairière.

DEUX : C'est loin ?

UN : Une centaine de mètres ! Vous voyez ma lampe ?

DEUX : Oui ! Oui, eh bien, ça, c'est pas un arbre. C'est une forêt. C'est même pas une forêt. Ça m'a tout l'air d'être un conte de Noël. C'est trop bête pour ne pas être un conte de Noël. Hou ! Hou !

La pluie

UN : Je ne la supporte pas.

DEUX : Pourquoi ?

UN : Je ne sais pas.

DEUX : Vous avez toujours été comme ça ?

UN : Depuis tout petit.

DEUX : Et vous n'avez jamais essayé ?

UN : De sortir sous la pluie ? Si, plusieurs fois. Mais je ne supporte pas.

DEUX : Question d'éducation. Vos parents auraient dû vous forcer.

UN : Non. C'est plutôt une question de tempérament. Vous-même, il y a sûrement des choses que vous ne supportez pas.

DEUX : Bien sûr. Le feu, par exemple. À aucun prix je ne me promènerais dans une forêt qui flambe. Mais moi, je sais pourquoi.

UN : Ce n'est pas du tout comparable.

DEUX : Non, parce que le feu, même si on m'y forçait… Tandis que vous, la pluie, si vous le vouliez vraiment… je suis sûr que vous supporteriez très bien de vous promener dessous.

UN : Oui, bien sûr, comme tout le monde. Simplement je préfère attendre qu'il fasse beau.

DEUX : Moi aussi, je préfère attendre qu'il fasse beau !

UN : Mettons que j'ai une préférence exagérée pour attendre qu'il fasse beau.

DEUX : Mais enfin, la pluie, vous avez quelque chose de spécial à lui reprocher, à la pluie ?

UN : Moi, non. Je l'aime bien, la pluie. C'est joli. Ça fait un bruit que j'aime bien. Ça fait du bien aux fleurs. Ce que je n'aime pas, c'est me promener dessous.

DEUX : Mais moi non plus je n'aime pas me promener sous la pluie. Faut toujours que vous vous preniez pour quelqu'un d'exceptionnel ! Personne n'aime ça ! Mais tout le monde supporte.

UN : Eh bien moi, j'ai une façon particulière de ne pas aimer ça : je ne supporte pas.

DEUX : Tout ça n'est pas très clair. Voyons. Voulez-vous que nous fassions une petite expérience ? Vous êtes dans la campagne. Vous êtes cerné. Vous avez à droite une forêt qui flambe, et à gauche, il commence à pleuvoir. Qu'est-ce que vous faites ?

UN : J'attends que ça s'arrête.

DEUX : Ça ne s'arrête pas. Il faut choisir. Qu'est-ce que vous choisissez ?

UN : Je choisis la pluie. Bien sûr. Mais sans joie.

DEUX : Pourtant, vous m'avez dit que vous l'aimiez bien, la pluie.

UN : Je l'aime bien, oui. Mais de loin.

DEUX : Vous êtes un drôle de type.

UN : Non, je ne suis pas un drôle de type. Il y a des choses qu'on aime, mais pas de trop près. Le feu, par exemple, que vous ne supportez pas, je suis sûr que vous l'aimez bien.

DEUX : Bien sûr, je l'aime bien. J'aime bien allumer ma pipe avec... J'aime bien faire cuire mes nouilles avec...

UN : Mais vous n'aimez pas vous promener dedans. Eh bien moi, la pluie, je n'aime pas me promener dessous. C'est pareil.

DEUX : Non, ce n'est pas pareil, le feu. Parce que le feu ça brûle, figurez-vous. Et à la longue ça tue.

UN : On dit ça aussi de l'alcool. Ça ne vous empêche pas d'en boire.

DEUX : L'alcool, ça tue à la longue, oui ; mais pas à la même longue que le feu. Pour le feu, c'est une longue plus courte.

UN : Une longue plus courte ! c'est vague.

DEUX : Enfin, je veux bien que, le feu et l'alcool, c'est pareil, puisqu'ils brûlent tous les deux. Mais la pluie, ça ne brûle pas.

UN : Non, mais ça mouille.

DEUX : C'est pas la pluie qui mouille, c'est l'eau.

UN : Mais la pluie, c'est de l'eau qui tombe. L'eau, pour qu'elle mouille, faut qu'elle tombe. De l'eau qui se contente de couler, par exemple, ça ne mouille pas les gens qui se promènent le long.

DEUX : Oui. Les rivières, pour qu'elles mouillent, il faut tomber dedans.

UN : Tomber. Voilà. Pour qu'on soit mouillé, faut toujours que quelque chose tombe. Ou bien c'est l'eau qui tombe sur vous, ou bien c'est vous qui tombez dans l'eau. Dans les deux cas, il y a une chute... C'est à se demander, si ce ne serait pas la chute qui mouille.

DEUX : Oui... Mais pas n'importe quelle chute. Que ce soit un pavé, par exemple, qui vous tombe sur la tête, ou que ce soit vous qui tombiez dans la cage de l'escalier, dans les deux cas vous restez sec. Pour qu'une chute mouille, il faut qu'il y ait de l'eau dedans.

UN : Faut que je note ça sur mon carnet. « Pour être mouillé, il faut 1) de l'eau, 2) une chute. » Ça va loin, ça.

DEUX : Je pense bien... Ainsi, ce qui vous dérange dans la pluie, ce n'est pas qu'elle tombe. C'est qu'elle mouille.

UN : Ah ben : voilà !... Encore que... attention ! Ça me dérange dans le cas où je me promène dessous. Ce que je ne supporte pas qu'elle mouille, la pluie, c'est moi. Pour le reste, elle peut bien mouiller tout le monde... comme disait Lucrèce, ça m'est égal.

DEUX : Et si la pluie ne mouillait pas, vous accepteriez volontiers de vous promener dessous.

UN : Certainement. Si elle ne mouillait pas...

DEUX : Bon. Alors ce n'est pas la pluie qui vous gêne.

UN : C'est quoi.

DEUX : C'est d'être mouillé.

UN : D'être mouillé, qui me gêne... oui.

DEUX : Par n'importe quoi. Que ce soit la pluie ou autre chose, ça vous est bien égal.

UN : Je crois, en effet. Que ce soit par la pluie ou par autre chose, je n'aime pas être mouillé.

DEUX : Alors je suppose que vous ne vous lavez jamais.

UN : Si. Tous les jours.

DEUX : Mais sans vous mouiller.

UN : Si, bien sûr. En me mouillant. Avec de l'eau, je peux pas faire autrement.

DEUX : Alors, vous ne supportez pas ?

UN : Si.

DEUX : Pourquoi ?

UN : Vous avez beau dire. Une douche et une averse, c'est différent.

DEUX : En quoi est-ce différent ?

UN : Une averse et une douche ? Eh bien en ceci, que la douche, je la reçois quand je suis tout nu.

DEUX : Ah bon. Alors, ce que vous n'aimez pas, dans la pluie, c'est qu'elle vous mouille quand vous êtes habillé.

UN : Voilà. Je n'aime pas ça.

DEUX : C'est bizarre. Ainsi, quand vous êtes tout nu, ça vous est égal de vous promener sous la pluie.

UN : Oui. Enfin… Je veux dire… En réalité, ça ne m'est jamais arrivé.

DEUX : Jamais ?

UN : Non, jamais.

DEUX : Pourquoi ?

UN : Eh bien,… je suppose que c'est à cause de la police…

DEUX : Voilà ! Vous voyez ce qu'on découvre,

quand on s'efforce de raisonner un peu. Vous dites : « Je n'aime pas la pluie », et en réalité qu'est-ce que ça veut dire ? Ça veut dire tout simplement que vous craignez la police. Il n'y a pas de honte à ça. Mais pourquoi ne pas l'avoir dit tout de suite ?

UN : Que je crains la police ?

DEUX : Puisque c'est ça qui est vrai !

UN : Eh bien, je vous le dis : je crains la police.

DEUX : Oui. Eh bien voilà une vérité qui n'est pas tellement claire. Car enfin : encore faudrait-il savoir *pourquoi* vous craignez la police…

UN : Attendez, attendez ! La police, je ne la crains pas continuellement. Je la crains quand j'ai envie de sortir et que j'aimerais bien sortir tout nu, parce qu'il pleut.

DEUX : Vous craignez la police quand il pleut.

UN : Oui.

DEUX : Et quand il ne pleut plus, elle cesse de vous faire peur.

UN : La police ? Ben oui… logiquement.

DEUX : Alors, rien ne vous empêche de vous promener tout nu quand il fait beau ?

UN : Rien.

DEUX : Ah ha !

UN : Ou plutôt si. Quelque chose encore m'en empêche.

DEUX : Ça ne peut pas être la pluie : nous avons supposé qu'il fait beau.

UN : Non. Ce doit être encore la police.

DEUX : Encore la police. Vous voyez donc qu'elle vous fait peur même quand il ne pleut pas.

UN : C'est vrai. Qu'il pleuve ou qu'il fasse beau, c'est pareil, la police me fait peur tout le temps.

DEUX : Et c'est cette peur de la police qui vous fait craindre qu'il ne se mette à pleuvoir sur vous.

UN : Oui. Je crois que vous l'avez démontré. Me voilà propre.

DEUX : Finalement, vous aviez sans doute raison : vous devez être un peu exceptionnel. C'est drôle que la police vous fasse peur, comme ça...

UN : Oui. Surtout que je ne crois pas qu'elle le fasse exprès.

DEUX : C'est bien ce que je pense. Ça ne vient pas d'elle, ça vient de vous.

UN : Non. Parce que si la police n'était pas là, je n'aurais pas peur de la police.

DEUX : Vous êtes sûr ?

UN : Oui.

DEUX : Vous n'avez pas peur quand la police n'est pas là ?

UN : Non.

DEUX : En ce moment, par exemple, la police n'est pas là...

UN : Non.

DEUX : Hou !

UN : Ah ! vous m'avez fait peur.

DEUX : Vous voyez. Vous avez eu peur quand même. Pourtant je ne suis pas de la police.

UN : Non.

DEUX : Alors ?

UN : Alors...

DEUX : Alors vous avez eu peur parce que...

UN : Parce que...

DEUX : Parce que vous êtes peureux, voilà tout ! Pourquoi ne pas l'avoir dit tout de suite, au lieu de faire l'intéressant ?

UN : Je ne sais pas... je ne sais pas...

DEUX : Vous ne savez jamais rien.

UN : Je suppose que c'est parce que j'ai honte d'être peureux.

DEUX : Ça se soigne, ça.

UN. Vous croyez ?

DEUX : Pourquoi n'achèteriez-vous pas un parapluie, par exemple.

UN : Un parapluie ! Comme ils en ont dans la police, avec un melon ?

DEUX : Non, comme le mien. Où est-ce que je l'ai mis ?

UN : Vous n'en avez pas besoin. Il ne pleut plus. Parce que, voyez-vous, contre la pluie, il n'y a pas que les parapluies. Il y a aussi la patience.

DEUX : La patience, ça se perd plus facilement qu'un parapluie.

UN : Et pourtant, il en faut, quand on a perdu son parapluie, de la patience. Mais quand vous aurez perdu la patience, c'est pas avec un parapluie que vous la retrouverez.

DEUX C'est avec quoi, que je la retrouverai, ma patience ?

UN : Avec de la patience.

L'examen

UN, *respiration sifflante* : Sss... sss... sss...

DEUX, *tousse* : Monsieur ! Monsieur le professeur... hum !...

UN, *tousse* : Non, non, je ne dormais pas. Ssss. Je vous vois, je vous vois. Ssss. Asseyez-vous, Monsieur. Ssss. Votre nom ?

DEUX : Moi ? Je ne sais pas...

UN : Qu'est-ce que vous faites ici ?

DEUX : ?!... Je ne sais pas, moi. Je viens passer l'oral de mon baccalauréat ?...

UN : Comment !

DEUX : Enfin, je viens essayer de passer l'oral de mon baccalauréat ?...

UN : « Votre » baccalauréat ! Comme vous y allez.

DEUX. Non, pas le mien. « Le » baccalauréat.

UN : Ssss... Bon. Et moi ? Ssss.

DEUX : Vous ? M'sieur ?... Eh ben... euh... vous...

Il cherche.

UN : Qu'est-ce que je fais là, moi ? Qu'est-ce que je fais là ? Ssss...

DEUX : Vous me... vous m'inspectez ? — Non ! — vous m'examinez ?

UN : Moi ? Ssss... Vous êtes sûr ?

DEUX : Ah, M'sieur, je vous donne ma parole d'honneur que c'est ce qu'on m'a dit. C'est le garçon de salle, là, l'appariteur qui me l'a dit, il m'a dit : Commencez par l'examinateur de la table du coin, le vieux qui a une barbe et qui euh...

Il tousse.

UN : Oui, oui. Bon, bon. Asseyez-vous.

DEUX : Je suis assis, M'sieur. Je suis assez assis. Vous êtes bien aimable.

UN : Oui, ben asseyez-vous moins que ça, Monsieur. Je ne vous vois point. C'est à peine si j'entrevois votre nez, qui repose sur le bord de la table. Ssss.

DEUX : Mais, M'sieur, je ne suis pas là ! Hé ! Houhou !

UN : Ssss, alors si vous n'êtes pas là, je ne peux pas vous examiner, fichez-moi le camp !

DEUX : Je veux dire que je ne suis pas là où vous regardez, M'sieur. Vous regardez nettement trop à droite. Ce n'est pas mon nez, que vous voyez, c'est votre gomme.

UN : Je n'ai pas de gomme.

DEUX : Voulez-vous que je vous aide à mettre vos lunettes, Msieur ? Voilà, voilà... Maintenant, si vous voulez me voir, il faut que vous vous tourniez un peu vers la droite, environ d'un quart de tour.

UN : Ssss. Je veux bien faire un effort, ssss, pour vous voir...

DEUX : J'ai dit la droite ! Pas la gauche, M'sieur, la droite.

UN : La gauche la droite sss, c'est bien du pareil au même. La droite la gauche. Ssss. Alors. Dans ce sens-là, si je tourne, ça va ?

DEUX : Voilà ! Voilà ! Vous y êtes. Vous me voyez, à présent ?

UN : Ssss. Vous avez parfaitement raison, je vous vois. Vaguement, mais je vous vois. Ssss. Oui, oui, vaguement. Ssss. C'est amusant. Alors, qu'est-ce que vous voulez, beau jeune homme, hein ?

DEUX : Ben M'sieur, je voudrais bien être reçu au baccalauréat.

UN : Quelle série ?

DEUX : Série Poterie et Langues vivantes, M'sieur.

UN : Votre nom ?

DEUX : Moi, M'sieur.

UN : Moi ? ça ne me dit rien, ça, Moi. Ssss. Qui êtes-vous ?

DEUX : Je suis André Moi, M'sieur. Je viens pour que vous me posiez des questions sur ce que j'ai appris.

UN : Ah, vous voulez que je vous pose des questions ! Parole ! C'est un véritable examen ! Ssss. Examen. Ssss. Ah bon ! Eh ben je vais vous poser quelques questions. Émile ! Demande pardon, jeune homme, l'appariteur s'appelle bien Émile ?

DEUX : Sais pas, M'sieur. Nous, on l'appelle Gras-du-bide.

UN : Excellente réponse. Ssss. Gras-du-bide !

GDB : Monsieur le professeur ?

UN : Gras-du-bide, venez un peu ici ! Voulez-vous me rappeler, s'il vous plaît, quelles sont les matières... Ouille ! une bretelle qui vient de me lâcher ! Ssss... les matières sur lesquelles je dois interroger mes petits candidats. On ne m'a pas dit si c'était l'histoire ou la géographie, deux disciplines pourtant bien différentes !

GDB : Monsieur le professeur, vous en avez déjà interrogé soixante-quinze depuis le début de la matinée.

UN : Me rappelle pas.

GDB : C'est pourtant pas difficile : Anatomie et physiologie animale et végétale.

UN : Ah tiens... Ssss.

GDB : Vous savez bien : le foie, les reins, les osses, la viande, la cervelle, les méninges...

UN : Ah, oui...

GDB : Enfin, tout l'homme, quoi, tout ce qui fait le bonhomme, sauf, naturellement, les parties honteuses.

UN : Merci mon ami, merci. Ssss. Tenez, voilà un bibi, un billet de cent baba, un billet de cent balles. Ssss. Et fichez-moi le camp.

GDB *s'éloigne* : Un billet de cent balles ! Il va un peu fort. Un bout de papier carbone[1] !

UN : Ssss. Votre nom déjà !

DEUX : Moi, M'sieur.

UN : Ssss. Jamais entendu parler. Ssss. Je vais vous mettre un zéro.

1. Papier spécial qui permettait de faire des doubles avant la généralisation des photocopies.

DEUX : Oh ben non !

UN : Vous en faites pas, ce sera un tout petit zéro de rien du tout.

DEUX : Mais M'sieur, vous ne m'avez pas encore interrogé.

UN : Sur quoi, mon petit ?

DEUX : Sur l'anatomie, la physiologie...

UN : Qu'est-ce que vous savez de la respiration ? Ssss.

DEUX : La respiration est une fonction...

UN : Halte ! Ssss... je précise... Que savez-vous sur MA respiration ?

DEUX : Ben...

UN : Vous avez dix secondes pour répondre. Ssss.

DEUX : C'est une respiration sifflante ?

UN : Je vous reméмé, je vous remercie, sss, jeune homme. Très bonne réponse. Je vous mets un zéro. Pour moi c'est la note maximinium. Zéro.

DEUX : Oh ben, pas là, M'sieur ! Vous m'écrivez sur le bout du nez. Ssssss.

UN : C'est votre nez ça ? Félicitations. Eh bien comme ça, il sera reçu avant vous, avec mon beau zéro... Croyez-moi, jeune homme : il faut toujours suivre son nez, partout où il va. Ss...

DEUX : Ssss.

Suicide de Georges

DEUX : Alors, et Georges ?

UN : Il va bien, comme d'habitude.

DEUX : Comment ! Il nous avait promis de se suicider, pour nous donner un sujet de conversation.

UN : Vous connaissez Georges. Quand il faut qu'il change ses habitudes… Mourir, c'est partir un peu. Il s'agissait d'un voyage. Il s'est comporté vis-à-vis de lui-même comme il se comporte vis-à-vis des trains qu'il doit prendre : il s'est raté.

DEUX : Il s'est raté ! Ah, la fripouille ! On ne peut pas compter sur lui.

UN : Ça n'a pas d'importance. Qu'il soit mort ou pas, qu'est-ce que ça nous fait !

DEUX : Ben, et notre sujet de conversation ?

UN : Un suicide manqué, C'est aussi intéressant qu'un suicide réussi.

DEUX : Oui, mais c'est moins pathétique. C'est même plutôt ridicule. Moi, je n'ai pas envie de parler d'une chose ridicule aujourd'hui.

UN : Georges n'est jamais complètement ridicule ; même quand il se trompe, il y a un enseignement à tirer de sa conduite. Il avait trouvé une manière très ingénieuse de se suicider, vous savez...

DEUX : Bien sûr ! Je suppose qu'il a commencé par faire ses bagages.

UN : Oui, et il a rempli son briquet et son stylo. Ensuite il a fermé le compteur du gaz.

DEUX : À sa place, moi, je l'aurais laissé ouvert. J'aurais même ouvert tous les robinets...

UN : Vous aimez le gaz, vous ?

DEUX : Oui, j'aime bien. À chaque fois que je veux me suicider, j'ouvre le gaz en grand.

UN : Et ça vous réussit ?

DEUX : Assez bien, oui. Mais ma femme peut pas supporter l'odeur du gaz, alors elle le referme tout de suite. Et puis, elle me dit : Toi tu t'en fiches, mais qui c'est qui la paiera la note du gaz ?

UN : C'est vrai qu'un suicide au gaz, ça doit revenir cher. Et quand il ne reste personne pour payer, c'est l'État qui en est de sa poche.

DEUX : C'est pour ça qu'il parle de nous le parfumer, notre gaz.

UN : Ah ?

DEUX : Oui, sous prétexte que quand il y a une fuite, ça ne se sent pas assez. En réalité, ils vont lui donner une odeur infecte pour que personne n'ait plus envie de se suicider avec. Ça leur fera une grosse économie.

UN : En tout cas, ce n'était pas dans les intentions de Georges. Vous le connaissez ? À chaque fois qu'il se sert du gaz, ça explose.

DEUX: Je l'ai remarqué, oui. Alors, quand il a eu fermé le gaz, qu'est-ce qu'il a fait ?

UN: Eh bien, il a fermé l'eau...

DEUX: Il n'avait pas envie non plus de se noyer ?

UN: Non. D'ailleurs, par le froid qu'il fait, s'il avait voulu se noyer comme il a le chauffage central, il aurait plutôt défoncé un ou deux radiateurs.

DEUX: Tout de même !... se noyer dans l'eau bouillante, ce n'est plus une noyade à proprement parler. C'est plutôt une cuisson. Georges a trop de dignité pour se suicider comme un homard.

UN: Alors, quand tout a été fermé chez lui...

DEUX: Et le compteur électrique ?

UN: Sauf le compteur électrique !... il a ouvert la porte et il a fait entrer Paulette, qui sonnait.

DEUX: Il n'aurait pas dû ouvrir. Naturellement, il a sauté sur l'occasion, pour se dégonfler.

UN: Non, ils avaient décidé de mourir ensemble.

DEUX: Paulette et Georges ? oh, mais c'est dégoûtant ! Et sa femme le sait ?

UN: Pas encore, mais je lui ai envoyé un pneumatique[1] anonyme il y a un quart d'heure.

DEUX: Vous avez bien fait. Oh ! je suis révolté. Cette brave petite Paulette, hein, qui a l'air si réservée ! Venir se suicider avec Georges pendant que sa femme n'est pas là ! Et alors ?

UN: Alors, ils se sont assis sur le divan du salon, et ils ont commencé à... comment dire ?

DEUX: Non ! Pas possible !

---

1. Lettre.

UN : Mais non. Ils ont commencé à, mettons, discuter, parce que pour se suicider, il faut avoir une raison. Ils n'en avaient pas. Ils s'en sont cherché une.

DEUX : Ça, c'est des choses qui se trouvent facilement.

UN : Ils s'en sont trouvé une chacun, assez rapidement, seulement ce n'était pas la même. Vous comprenez, quand on n'a pas la même raison de se suicider, autant se suicider chacun de son côté. C'est pas la peine de faire ça ensemble. Enfin, au bout de deux heures, ils sont tombés d'accord, et voici ce qu'ils ont fait. Vous allez voir comme c'est ingénieux.

DEUX : Allez-y.

UN : Ils ont pris un fil électrique. Ils l'ont dédoublé. Ils se sont mis tout nus. Chacun a pris un fil et s'est entouré la taille avec une des extrémités de ce fil, soigneusement dénudé. Ils ont ensuite introduit l'autre extrémité dans une prise de courant, Georges branchant la sienne dans le trou positif, Paulette dans le trou négatif. Tout était prêt. Ils se sont approchés tout doucement l'un de l'autre. Ils se sont regardés un moment, une dernière fois. Et puis, ils se sont embrassés sur la bouche.

DEUX : Aïe ! C'est horrible ! Le courant les a électrocutés, et ils sont tombés raides !

UN : Non. Ils ont fait sauter les plombs.

Marée montante

UN : Voilà encore la pleine lune qui revient.

DEUX : Je te vais lui donner des coups de pied dedans, moi, si elle continue.

UN : Qu'est-ce qu'elle a, hein ? Qu'est-ce qu'on lui a fait, qu'elle revienne comme ça tout le temps !

DEUX : Pour moi, c'est de la publicité.

UN : Vous croyez ? Alors, c'est de la publicité mal faite, parce qu'on sait pas pour quel produit c'est de la publicité.

DEUX : Et puis si c'est de la publicité, raison de plus pour donner des coups de pied dedans.

UN : Ah oui ! Ah oui, alors !

DEUX : Remarquez, c'est peut-être ça qu'elle veut, qu'on ait envie de lui donner des coups de pied dedans. C'est peut-être de la publicité pour une marque de ballons de football.

UN : Eh ben ! des ballons de football comme ça, faudrait me payer cher pour que j'en achète un ! Un ballon qui se dégonfle tout le temps !

DEUX : Oui, vous avez raison. C'est peut-être une réclame pour une marque de pompes à bicyclette.

UN : Alors elle est ratée, comme réclame ! Parce qu'une pompe à bicyclette qui me donnerait envie de donner des coups de pied dedans, moi, ça prouverait que c'est une mauvaise pompe. J'en voudrais pas. Je préférerais regonfler mes pneus avec ma bouche.

DEUX : Allez, venez, on va pas rester là.

UN : Ah non, on va pas rester là. Avec cette pleine lune qui nous tombe dessus. Et rien d'autre à regarder tout autour !

DEUX : Moi, si on reste là, je deviens fou.

UN : Allez, on s'en va.

DEUX : On s'en va.

UN : Oui. C'est pas très tentant, de s'en aller, comme ça, en pleine nuit.

DEUX : Ça, faut dire. Surtout qu'on a un bout de chemin à faire.

UN : On ferait peut-être mieux d'attendre.

DEUX : D'attendre quoi ?

UN : Que la marée baisse.

DEUX : Oui, si on était sûr qu'elle va baisser. Mais depuis une heure qu'on est là, sur ce petit rocher de rien du tout, eh bien ce petit rocher de rien du tout, il s'est pas arrêté de devenir de plus en plus petit. Rien ne nous dit qu'elle va pas monter encore plus, la marée, alors on sera bien avancé d'avoir attendu.

UN : Oh, ben, à ce moment-là, il sera toujours temps de s'en aller.

DEUX : C'est vrai, oui. Vous savez nager, vous !

UN : Oui, et puis la mer est tellement calme. Y a pas une vague.

DEUX : N'empêche. Moi j'ai jamais nagé dans le noir.

UN : L'essentiel, c'est que vous sachiez nager dans l'eau.

DEUX : Oui, ben je trouve que c'est déjà pas commode de nager dans de l'eau, mais s'il faut nager dans le noir en même temps…

UN : Vous croyez que c'est plus dur ?

DEUX : J'en ai bien peur. Forcément, ça doit être plus épais.

UN : Alors, on doit flotter plus facilement. Déjà, à cause du sel, dans l'eau de mer on flotte mieux que dans l'eau douce. Avec le noir en plus, on doit flotter tout seul.

DEUX : Oui, mais pour avancer, c'est une autre question. Et puis, qui est-ce qui vous dit que le noir, c'est comme le sel ? Peut-être que ça ne fond pas, dans l'eau, peut-être que ça se mélange seulement, comme le sable. Vous avez déjà essayé de nager dans des sables mouvants, vous ?

UN : Non, j'ai pas osé. Il paraît que c'est dangereux.

DEUX : Et comment, que c'est dangereux.

UN : Oui, mais c'est un cas spécial. Ce qui est dangereux, dans les sables mouvants, c'est que c'est ambigu. On ne sait pas comment s'y prendre, on se demande s'il faut marcher dessus ou nager dedans, alors on hésite, finalement on ne fait ni l'un ni l'autre, on perd la tête et, au lieu de marcher ou de nager, on s'enfonce.

DEUX : Ça y est, va falloir qu'on se lève, je sens la marée qui me monte là où je pense.

UN : C'est frais, comme impression.

DEUX : Tant que y a que ça de frais, ça peut aller, l'impression. Mais quand ce sera nous… Vous verrez, tout à l'heure, nous aussi, on sera frais. Et ça, ça sera beaucoup moins drôle.

UN : Oh, c'est pas la première fois qu'on aura péri en mer.

DEUX : La dernière fois on avait un bateau, c'était tout de même plus confortable. Pour périr.

UN : En tout cas, vous pourrez remarquer que Georges, lui, il n'est pas venu.

DEUX : Je vous avais dit qu'il fallait se méfier des rendez-vous de Georges. Il vous dit : On va rigoler, alors des fois c'est vrai ; il vient au rendez-vous et on rigole. Mais y a des fois où pour ce qui est de la rigolade, y a que lui qui en profite. Je suis bien tranquille qu'il rigole en ce moment, Georges, il doit être installé au bout de la jetée, avec ses grosses jumelles, et il se rince l'œil avec la tête qu'on fait. Dans le noir.

UN : Eh ben alors, faites une autre tête, mon vieux, souriez.

Deux rit.

À la bonne heure. J'aime mieux vous voir comme ça. C'est beau, ça, de rire quand on n'a pas envie.

DEUX : Je ris à cause des bulles qui me remontent le long du dos. Ça chatouille. Je ne rirai plus longtemps. Ma tête est sous l'eau. Glou glou.

UN : Ah oui, oh ben ! la mienne aussi, vous savez.

DEUX : Zut alors. Glouglou.

UN : Et puis, croyez-moi, c'est pas la peine de répéter tout le temps glouglou, sous prétexte que vous avez la tête sous l'eau. C'est conventionnel. Pourquoi pas : hélas ! pendant que vous y êtes ?

DEUX : Je dis glouglou, parce que papa et maman ils m'ont appris que quand on avait la tête sous l'eau, fallait dire : glouglou. Moi, je tiens à rester civilisé.

UN : Vous avez raison. Puisque nous nous noyons, que ce soit du moins en français. Glou glou.

DEUX : Glouglou.

UN : Glouglou *(etc.)*.

Altercation

UN : Je suis français, Monsieur !

DEUX : Eh bien moi aussi, Monsieur, je suis français !

UN : Y a sûrement pas longtemps !

DEUX : Plus longtemps que vous, Monsieur !

UN : Moi, Monsieur ?

DEUX : Avec la tête que vous avez, y a pas à chercher bien loin d'où vous venez !

UN : Et ça, Monsieur, ça ! Qu'est-ce que c'est ? Ça vous dit quelque chose ?

DEUX : Oh ! oh là là, regardez-le qui bombe le ventre ! comme si c'était une preuve !

UN : Vous n'avez pas le droit, Monsieur, d'insulter la nation française dans ce qu'elle a de plus sacré, vous qui ne savez même pas ce que c'est, pauvre métèque[1] !

DEUX : C'est une boutonnière ! Mais si, je sais ce que c'est, c'est une boutonnière ! Et alors ? Avec des petits rubans, oui ! oui ! et oui ! Et qu'est-ce que ça prouve ?

1. Terme insultant pour désigner un étranger méditerranéen.

UN : Que je suis un Français, Monsieur, et que j'ai le droit de causer, ici, et que vous, taisez-vous !

DEUX : Mais, mais, mais...

UN : Il n'y a pas de Mais-mais-mais !

DEUX : Mais mais mais, moi aussi, Monsieur, j'ai une boutonnière ! Tenez, vous allez voir si je n'en ai pas une, de boutonnière, et laquelle boutonnière des deux sera la plus forte !

UN : Ha ! elles sont jolies, vos décorations ! Vous pouvez en parler !

DEUX : Par exemple ! Ce sont les mêmes que les vôtres !

UN : Les mêmes ! Vous avez le toupet de prétendre que ce sont les mêmes ! Comparons, Monsieur, comparons !

DEUX : Mais quand vous voudrez !

UN : Aucune différence, hein ?

DEUX : Je n'en vois, personnellement, aucune. J'ai beau faire un effort, Monsieur... sans doute suis-je un imbécile, mais je ne vois aucune différence entre vos décorations et les miennes.

UN : Vous devriez avoir honte, Monsieur, de porter des rubans aussi sales ! ce n'est plus des rubans, c'est de la crasse !

DEUX. De la crasse !

UN : Vous faites honte à la nation tout entière ! On devrait les fusiller, Monsieur, les individus qui osent décorer les gens aussi sales ! On ne décore pas des gens qui ne sont pas capables de devenir des gens décorés !

DEUX : Ma Légion d'honneur, Monsieur...

UN : Votre Légion d'honneur Monsieur, n'a pas la blancheur qu'il faut. Regardez la mienne et vous verrez ce que c'est qu'une rosette[1] rouge vraiment blanche !

DEUX : En effet, Monsieur, pour obtenir une rosette aussi somptueuse, vous avez dû y mettre le prix !

UN : Dans quelle boue avez-vous ramassé la vôtre ?

DEUX : J'étais à Dunkerque, Monsieur !

UN : Et alors ?

DEUX : Et alors ? Eh bien j'en connais qui n'y étaient pas, à Dunkerque, Monsieur.

UN : À Dunkerque ?

DEUX : Et ça ! vous ne pouvez pas le nier ! C'est historique.

UN : Et qui n'y était pas, à Dunkerque, s'il vous plaît ?

DEUX : Les Anglais, Monsieur !

UN : Monsieur, je vous prie de ne pas m'insulter !

DEUX : Je n'insulte personne, Monsieur, je me borne à rappeler un fait ! et qui se sent morveux se mouche !

UN : Je vous prie de ne pas me traiter d'Anglais, Monsieur, je ne suis pas plus anglais que vous !

DEUX : Je vous prie de ne pas m'insulter, Monsieur !

UN : C'est vous qui me traitez d'Anglais !

DEUX : Vous n'êtes pas un Anglais, Monsieur, vous êtes une andouille !

UN : Monsieur, on vous a vu ! vu ! N'essayez pas

1. Décoration de forme circulaire du grade d'officier (Légion d'honneur...).

de détourner l'attention, on vous a vu ! Madame vous a vu, Monsieur vous a vu, tout le monde vous a vu !

DEUX : Personne n'a rien vu du tout, Monsieur, la salle était plongée dans l'obscurité !

UN : C'est justement ce qu'on vous reproche, Monsieur, de profiter qu'on est dans le noir pour laisser libre cours à votre sale saleté !

DEUX : Moi !

UN : Oui, vous ! D'ailleurs suivez-moi au commissariat de police.

DEUX : Voulez-vous, Monsieur, avoir l'audace de répéter devant ces jeunes filles ce que vous venez d'insinuer !... *(Détourné :)*

Monsieur, voulez-vous me servir de témoin ?

UN : Ces étrangers, si on les laissait faire, c'est bien simple, on ne pourrait plus aller au cinéma.

DEUX : Monsieur, je m'appelle Duconnet, François Duconnet. Mon père et ma mère sont nés dans le XVe. Nous sommes français de père en fils depuis la prise de la Bastille, Monsieur, et je vous somme de vous expliquer !

UN : Français, hein ? Français ! Eh bien ça ne m'étonne pas ! Vous avez tout ce qu'il faut pour ça : la lâcheté, la veulerie[1], la lubricité[2] ! Ah elle est belle, la France ! Ah ils sont propres, les Français ! Y a qu'à vous regarder, avec votre petite tête de rond-de-cuir[3] ! Le bon Français moyen, hein ? Vous puez le vin

---

1. Manque de volonté.
2. Débauche.
3. Employé de bureau.

à dix mètres. Le Français, avant d'aller au cinéma, il faut qu'il boive !

DEUX : Le Français, Monsieur, vous savez ce qu'il vous dit, le Français ?

UN : Dites-le pour voir ? Je suis sûr que j'ai deviné, rien qu'à voir votre figure de petite gouape[1] !

DEUX : Le Français, il vous dit : vive la France ! Monsieur. Oui, Monsieur, je suis un rond-de-cuir...

UN : Moi aussi, Monsieur !

DEUX : Et je n'en ai pas honte ! Monsieur.

UN : Moi non plus !

DEUX : Je gagne honnêtement ma vie, et celle de ma femme et de mes trois enfants, que voici, Monsieur. *(Détourné :)*

Viens, bibiche, amène-les qu'on les voie !

UN : Moi aussi, Monsieur, j'ai une femme, et trois enfants. *(Détourné :)*

Venez donc ici, qu'est-ce que vous faites là-bas ! Et c'est justement pour ça, Monsieur, que je vous ai à l'œil ! On vous a vu, Monsieur ! on vous a vu vous asseoir sur le strapontin de ma fille, dans le noir ! Sur le même strapontin, pendant tout le film !

DEUX : Possible, Monsieur. Je ne m'en suis pas aperçu. Et si ça l'avait gênée, j'espère qu'elle me l'aurait dit. Seulement voilà, elle ne s'en est pas aperçue non plus. Il n'y a que vous, Monsieur qui vous en êtes aperçu. Parce que vous êtes bien comme tous les Français !...

UN : Moi, Monsieur ?

1. Vaurien, voyou.

DEUX : Vous voyez le vice partout. Vous ne pensez qu'à ça !

UN : Ha ! vous me faites rire ! Ha ! ha ! ha !

DEUX : D'ailleurs voilà la police !

UN : Ah ben, c'est pas dommage ! Monsieur l'agent !

DEUX : Monsieur l'agent !

Ils sortent en criant cela.

Les oiseaux

UN : Vous avez l'air triste.

DEUX : Je suis triste. Si vous saviez pourquoi, vous seriez triste aussi. J'hésite à vous le dire.

UN : Vous m'offensez. Je ne veux pas rester gai une minute de plus, s'il y a quelque chose que j'ignore, et dont je devrais être triste. M'estimez-vous si peu, que vous préfériez pour moi l'ignorance à l'épreuve amère de la vérité ?

DEUX : Du moins ne pleurez pas ! Le moineau de Georges est mort.

UN : Hélas !

DEUX : Il est mort, le moineau de Georges, celui dont il faisait ses délices, qu'il chérissait plus que ses yeux. Car il était doux, ce moineau, comme le miel, et il connaissait son maître aussi bien qu'un petit garçon connaît son papa ; il ne s'éloignait jamais de son épaule, mais, sautillant de-ci de-là, il ne cessait de pépier pour lui seul. Maintenant, le voilà parti par la route ténébreuse, vers le pays d'où personne, dit-on, ne revient.

Ah ! qu'elles soient maudites, les cruelles ténèbres

de la mort, qui dévorent toutes les jolies choses ; car il était bien joli, le moineau qu'elles viennent d'engloutir. Quel malheur, pauvre petit moineau ! Voilà maintenant qu'à cause de toi les yeux de ce pauvre Georges sont continuellement gonflés et tout rouges de larmes.

Un petit temps.

UN : C'est traduit du latin, ça, non ?

DEUX : Oui. C'est un petit poème de Catulle, que j'ai adapté pour Georges. Vous croyez qu'il sera content ?

UN : Ça lui fera sûrement plaisir. Vous avez bien fait de chercher dans les poètes latins. Les modernes ne savent pas parler des moineaux. Ils y mettent toujours des arrière-pensées sexuelles.

DEUX : Pauvres petites bêtes. Il n'y a pas plus pur.

UN : Oh, ça ! hein ?... il paraît que c'est assez porté sur la chose, les moineaux.

DEUX : On dit ça de tout le monde.

UN : Je ne l'ai jamais entendu dire de vous.

DEUX : Je vous assure ! Avec vous, c'est toujours la gaudriole[1] ! On était bien parti, pour une fois. C'était joli, ce qu'on disait. C'était poétique. Ça vous ennuie tellement, de parler des petits oiseaux ?

UN : Vous vexez pas, mon vieux. Puisque ça vous fait plaisir, soyons tristes. On va parler des petits oiseaux, hein ? Posez-moi des questions sur les petits oiseaux, vous verrez comme ça sera joli, ce que je vous répondrai.

1. Plaisanterie légère, grivoise.

DEUX : Ça vous est égal, à vous, la mort du moineau de Georges. Moi, j'en ai les yeux humides.

UN : Non, vous vous trompez, je suis sensible.

DEUX : Allons ! Quelle place les oiseaux occupent-ils, dans votre vie ?

UN : Attendez. Quelle place les oiseaux occupent-ils dans ma vie. Eh bien… La leur, à peu près.

DEUX : C'est-à-dire ? Une place importante ?

UN : Non. Je crois que je me passerais des oiseaux.

DEUX : On dit ça. Mais s'il n'y avait plus d'oiseaux, tout à coup, je suis sûr que ça vous ferait quelque chose. Un grand vide.

UN : Un vide, peut-être. Mais pas grand. Comment la disparition d'un petit oiseau pourrait-elle laisser un grand vide ? Ce serait un vide à la taille d'un oiseau.

UN : Mais ce vide, par quoi le combler ? Qu'est-ce qui pourrait remplacer un oiseau disparu ? Qu'est-ce qui pourra jamais remplacer le moineau de Georges, par exemple ?

DEUX : Je ne sais pas. Les larmes de Georges, peut-être. Il aimait tant son moineau.

UN : Les larmes ne remplacent rien. Ah… il y a des moments où j'aimerais avoir autour de moi tous les oiseaux que j'ai connus.

DEUX : Je suis sûr qu'ils ne s'entendraient pas.

UN : Vous, vous avez connu trop de choses.

DEUX : Non, pas trop. Juste ce qu'il fallait pour les distinguer bien.

UN : Pauvre Georges. Avoir un oiseau, quelle illusion ! J'en avais un autrefois : il s'est envolé. Celui de

Georges est mort. Les oiseaux, ce n'est pas le verbe avoir qu'il faut leur appliquer, c'est le verbe être. Je voudrais être un oiseau.

DEUX : On peut souhaiter d'être un oiseau. Les oiseaux nous prouvent que c'est facile. Ce qui est difficile, c'est de devenir un oiseau.

UN : Tout de même. On imagine. Si vous aviez des ailes sur le dos, vous, qu'est-ce que vous feriez ?

DEUX : Je me les ferais couper. J'aime passer pour quelqu'un de normal.

UN : Moi, si j'étais un épervier, je crois que je serais plus heureux.

DEUX : Je vous connais. Tout le monde vous prendrait pour un aigle, et vous vivriez dans la peur qu'on ne découvre enfin votre vraie nature d'épervier. Et même, secrètement, vous auriez la conviction absurde mais toujours présente de n'être au fond qu'une buse.

UN : Non. Je suis sûr que je me souviendrais de mon œuf.

DEUX : Les éperviers n'ont pas de mémoire.

UN : Qu'en savez-vous ?

DEUX : Ça ne leur servirait à rien : le ciel est trop grand.

UN : Vous ne vous êtes jamais arraché les cheveux, à l'idée qu'un œuf, chose qui semble tellement simple, restera toujours pour vous un projet irréalisable ?

DEUX : Les cheveux, non, je ne me les suis pas arrachés. Voyez-vous, le projet de faire une cocotte en papier me séduit parfois. Le projet de faire un œuf, même en papier, ne m'est jamais venu.

UN : C'est dur, un œuf.

DEUX : Et si simple, pourtant ! Si simple qu'il semble absurde de vouloir faire un œuf : si simple qu'on dirait qu'il suffit d'y penser.

UN : Oh, vous, quand vous dites pas des gaudrioles, faut tout de suite que vous découvriez l'Amérique.

Du tableau

au texte

Isabelle Varloteaux

Du tableau au texte

Les Valeurs personnelles
de René Magritte

… *Réhabiliter l'univers des rêves et de l'imaginaire…*

Poète enchanteur usant des mots et des images pour créer un univers particulier, René Magritte (1898-1967) est un peintre qui a dérangé les habitudes visuelles et les modes de pensée conventionnels. Très souvent associé au mouvement surréaliste (créé en 1924), dont André Breton était le chef de file, René Magritte a commencé à peindre en donnant une égale importance au mot et à l'image. De ce mouvement artistique principalement révolté par le traumatisme de la Première Guerre mondiale, Magritte partage la volonté de réhabiliter l'univers des rêves et de l'imaginaire.

En 1928, son fameux tableau représentant le portrait d'une pipe accompagné de la phrase « Ceci n'est pas une pipe » inaugure de façon caustique un nouveau moyen d'envisager la réalité. Dans son texte « Les mots et les images », paru en 1929 dans *La Révolution surréaliste*, il développe plusieurs idées sur la relation ambiguë qu'entretiennent les mots et les images. Pour lui, une image peut prendre la place d'un mot dans une proposition, mais inversement, un mot peut prendre la place d'un objet dans la réalité.

Véritable explorateur de l'esprit, ce peintre nous offre à travers sa toile de 1952, *Les Valeurs personnelles*, une traduction très originale d'un aspect de la vie, telle qu'auraient pu être la sienne ou celles des personnages mis en scène par Roland Dubillard dans *Les Diablogues.*

... L'objet sait tenir sa place...

De René Magritte, qui joue avec les images des mots sur une toile, à Roland Dubillard, qui s'amuse avec les sons eux-mêmes pour faire exister les choses au théâtre, un large éventail de correspondances s'offre à nous. De notre premier regard posé sur le tableau, amusons-nous à établir des parallèles imagés avec le texte afin de tisser un lien entre ces deux univers excentriques.

Une chambre, aux murs faits de nuages blancs sur un ciel bleu, nous offre la vision d'un étrange univers masculin. Certains objets, démesurés, occupent une place tout à fait surprenante : un peigne en corne, un blaireau, un savon, une allumette et un verre à pied. La surprise du regard qui se pose sur cette composition est comme un écho à celle ressentie en lisant « Musique de placard » : les personnages, Un et Deux, jouent un concerto dans un placard, pour éviter de déranger l'épouse de Un. Dans ce contexte confiné, s'impose un verre. Celui reçu au visage par Un tandis qu'il compose : « et pourtant ça fait pas de bruit, quand je compose, eh bien elle me jette un verre d'eau à la figure ». À cet endroit précis du texte, l'objet, devenu un projectile vengeur lancé par l'épouse à la tête de son musicien de mari, prend une place majeure dans le dialogue, car il illustre l'incompréhension au sein du couple. C'est à cette importance de l'objet à certains moments de la vie que la peinture de René Magritte nous invite à réfléchir. La taille démesurée du verre à pied bleuté peut d'une certaine façon illustrer la proportion de la douleur de Un, tandis qu'il recevait l'objet en plein visage.

Chez Roland Dubillard, l'objet sait tenir sa place sur scène, puisque, grâce aux mots, il devient prétexte puis sujet d'un jeu de scène. «Le compte-gouttes» est l'évocation d'un objet usuel qui, dans l'usage qui en est fait par Un, apparaît d'une complexité absolue. Le chiffre exact de gouttes se révèle bien difficile à atteindre pour remplir le verre : «Alors non seulement il est pas capable de les compter, mais il est même pas capable de les faire tout seul ! »

Ce sketch écrit autour d'un flacon nous invite à partager un moment très personnel : celui où Un se soigne pour se purger. Le flacon devient objet de fierté : «C'est vrai qu'il est superbe ! — Je pense bien ! C'est un compte-gouttes de Besançon», mais aussi support de réflexion : «Je me demande vraiment à quel moment elles existent vos prétendues gouttes», puis base de calcul mental : «Une et deux ça fait trois. Il y en a une et une. Nous dirons qu'il y en a deux. Si nous en posons une autre encore sur la table, il y en aura ?... »

... Reconstruire le monde avec des valeurs nouvelles...

Dans le texte de Dubillard comme dans la peinture de Magritte, l'objet sort de la réalité usuelle pour apparaître en pleine lumière. Le verre à pied teinté du tableau comme le compte-gouttes de la pièce de théâtre deviennent les héros d'un étrange réel : leur place n'est plus celle que les conventions leur ont attribuée, sur une étagère, dans une cuisine ou sur la tablette d'une salle de bains. Désormais, chacun a l'importance d'un individu à part entière : au centre du tableau, le verre de Magritte semble régner sur la chambre tandis que le flacon s'impose comme un troisième personnage.

Pour Magritte, l'art d'associer des objets disproportionnés dans un espace vraisemblable est un moyen de reconstruire le monde avec des valeurs nouvelles, non validées par la société. Un peigne se faisant plus grand que le lit sur lequel il est posé, un blaireau débordant le haut d'une armoire, une allumette devenue monumentale, voilà qui happe le regard et interpelle forcément. Que lire à travers cette déformation outrancière des objets dans l'univers du peintre ?

La proportion des choses de notre quotidien tient aux « valeurs personnelles » qu'on leur attribue. Ainsi en est-il des objets que l'on égare parfois, et qui sournoisement viennent envahir notre espace mental au détriment de toute autre pensée. Cela peut nous renvoyer également à la part d'enfance qui vibre en chaque individu. Il suffit pour cela de penser à l'attachement irrationnel que l'enfant peut porter à un objet dépourvu de toute valeur aux yeux de l'adulte. Cette disproportion obéit alors ici aux « valeurs personnelles » de l'enfant qui ne sont pas celles de son aîné.

L'auteur nous plonge de façon implicite dans un monde enfantin où chaque événement se vit de façon imaginaire mais avec force.

Parfois, c'est avec une simplicité ou une morgue juvénile que les personnages de Dubillard nous font partager leur monde. Ainsi, s'affranchissant des conventions littéraires ou artistiques, les deux créateurs ont-ils réussi à donner du relief à des objets traditionnellement peu exploités pour eux-mêmes : la main, le nez, les gouttes, la lune, le peigne, le verre, le savon…

… *Libérer la création artistique…*

« Le contraste, c'est indispensable, dans l'art », déclare Un dans « Musique de placard », comme une introduction à la fantaisie créatrice de Magritte. Le tableau *Les Valeurs personnelles* est construit comme une composition classique (une chambre ordonnée, un lit fait de façon disciplinée, une armoire aux portes en miroir, un sol en bois), tout en offrant à la vue un monde paradoxal. Les objets traditionnellement massifs sont réduits au statut de support pour ceux qui arbitrairement sont devenus plus grands qu'eux : le peigne, le blaireau, le savon…

Ainsi, aux idées de formalisme (on range dans son placard), de discipline (on fait son lit), de rigueur (les lattes du plancher sont régulières et rectilignes), d'hygiène (le savon, le blaireau, le peigne), de savoir-vivre (le verre à pied), s'oppose la juxtaposition fantaisiste d'objets aux formats surprenants.

L'artiste fait preuve ici d'une inventivité cocasse qui peut surprendre en raison de l'image personnelle qui était la sienne. Cet homme d'allure conformiste et bourgeoise, au bras duquel sa muse, son épouse Georgette, tient traditionnellement son chien en laisse, fut à vrai dire une personnalité en révolte. Tout son œuvre (plus de 1 300 tableaux, auxquels il faut ajouter nombre de collages, gouaches et photographies) est en rupture avec le conformisme ambiant. Pour lui, afin de libérer la création artistique des valeurs reçues et du carcan de la raison, rien ne doit être calculé !

Par sa peinture, Magritte s'insurge contre un monde plein d'incohérence, d'absurdité, et où tout semble aller à contresens (fabriquer des armes pour éviter la guerre...). À l'aide des moyens qui sont les siens, la peinture, la poésie, les mots, il veut faire réagir. Il se sent « Responsable de l'Univers » et se range volontiers parmi les utopistes qui veulent changer le monde.

... Le peintre veut faire hurler les objets...

En agissant, par des provocations artistiques, sur le regard que l'individu porte sur son environnement quotidien, on peut imaginer que le peintre souhaite faire évoluer l'échelle des valeurs. Aux valeurs personnelles, qui sont les qualités qu'une personne juge essentielles, viennent s'imposer les valeurs sociales. Celles-ci sont un ensemble de principes ayant été reconnus par la collectivité et sur lesquels toute personne se fonde et se construit. Magritte entend dénoncer le bien-fondé de l'ensemble des valeurs conventionnelles sur lequel tient l'équilibre du monde, au profit d'un regard plus poétique et imaginatif.

Pour cela, de façon tout à fait subversive, le peintre veut faire hurler les objets, en les empruntant à la réalité mais en les situant là où on ne les rencontre jamais. Il s'agit pour lui de réveiller notre réflexion. L'image n'est pas là pour représenter une chose, mais au contraire pour faire voir les objets les plus familiers comme si c'était la première fois.

Comme Dubillard qui nous invite au théâtre pour écouter des « Bourdonnements » ou à assister à « L'examen », « série Poterie et Langues vivantes », René Magritte utilise les objets dans un contexte hors norme pour les valoriser.

L'écrivain quant à lui joue avec les valeurs traditionnellement acquises par chacun. Un déclare par exemple que « Le malaise de Georges » est justifié par « la place de premier en arithmétique que son fils a obtenue à sa dernière composition » avant de dire qu'il était « passé, très rapidement il est vrai, sous un autobus ». Cette disproportion des idées qui anime la pièce de théâtre relève d'un mécanisme humoristique qui permet de renouveler la perception que le public peut avoir du jeu théâtral.

Dubillard manipule l'ironie avec art quand pour illustrer « Le sketch de Paulette », il évoque l'usage du calembour et le manque de finesse de certains critiques : « Eh bien, ça se peut très bien qu'il y ait des journalistes qui trouvent ça à la fois drôle et profond. — Vous les prenez vraiment pour des imbéciles. — Pas tous... »

Bousculer les traditions du théâtre classique, rompre avec le conformisme, s'émanciper des conventions plastiques, voilà ce qui fait se rencontrer les deux créateurs.

... Un tableau dans le tableau...

Qu'est-ce que la peinture ? Qu'est-ce que le théâtre ? Chacun, peintre et dramaturge, participe à la réponse en s'affranchissant des codes existants sans pour autant les renier complètement. Pour Dubillard, dans « Tragédie classique », avec « Les trois coups. Alors le rideau s'ouvre, ça représente quelque chose d'abstrait, dans les blanc et noir, avec une touche de rouge... » ; pour Magritte, avec l'usage personnalisé de certains symboles picturaux.

Du principe de la nature morte classique, très largement répandue au XVIIe siècle et dans laquelle se trouvaient représentés notamment miroir, verre et bougie (symbolique relative à l'existence), Magritte retient quelques réminiscences. La transparence de son verre à pied nous rappelle qu'au-delà de l'objet on peut encore voir quelque chose, tandis que le double miroir sur les portes de l'armoire s'émancipe comme un tableau dans le tableau, tout en symbolisant la capacité de chacun à réfléchir...

L'usage du cadre en bois qui ceint chaque miroir de l'armoire nous renvoie à une forme d'autocitation. En peignant le reflet de son propre tableau à l'intérieur de sa composition, René Magritte joue avec son œuvre. Au-delà du réalisme qu'ils sont censés traduire, les reflets sur les portes sont en quelque sorte des tableaux dans son tableau. On voit dans le vantail de gauche un ciel nuageux et un sol couleur de terre, puis, dans celui de droite, un fragment de fenêtre sur un mur bleuté avec une forme ocre au sol, rebondie comme un coussin. L'image offerte au regard se multiplie de plusieurs variations possibles.

Cette mise en abyme qui consiste à intégrer une part de l'œuvre dans l'œuvre elle-même, souvent par le biais du miroir en peinture, suscite parfois une légère sensation de vertige. Dubillard lui-même use de ce procédé artistique quand il écrit « L'île déserte » : « — Ça doit être une plus-qu'île. — Une plus-qu'île. Oui. Dites plutôt que vous avez fait une erreur dans la première phrase du dialogue et comme vous écrivez à la machine, vous avez eu la flemme de corriger. Allez, dites-le, sans ça, on ne va pas s'en sortir. »

Ce jeu formel, utilisé dans l'écriture de Dubillard comme dans la peinture de Magritte, participe à introduire de l'étrangeté dans chaque scène décrite.

L'utilisation du langage pictural et des conventions plastiques que le peintre entend malgré tout dénoncer suscite beaucoup de réflexion chez le spectateur. Ainsi l'usage de l'allumette démesurée sur un tapis persan peut-elle non sans ironie venir imager la flamme vacillante de la bougie qui, dans les compositions classiques, symbolise généralement la précarité de l'existence.

Dans *Les Valeurs personnelles*, l'artiste effectue un incessant va-et-vient entre le réalisme des objets peints avec un grand soin (comme en témoignent les fissures du plafond) et une composition pleine de fantaisie : la chambre est par définition un espace intime, permettant le repos. De cet espace logiquement fermé, voire secret, René Magritte nous offre l'image d'une scène ouverte sur le ciel. Il est le maître absolu de cette inversion des valeurs, qui nous fait voir ce qui est extérieur (ciel et nuages) à l'intérieur même de la pièce. Par la mise en parallèle de la thèse et de son antithèse (intérieur et extérieur), le peintre utilise sa peinture comme un outil de dialectique. Tout ce qui existe dans son tableau est la synthèse de propositions contraires.

... Tout contrevient à cette harmonie...

Les draps et l'oreiller en coton blanc répondent aux masses nuageuses qui épousent les murs, tandis que les teintes terreuses et minérales des meubles, savon, peigne et blaireau nous invitent inconsciemment à nous projeter dans une représentation de plein air et de nature.

L'inconscient, si cher au mouvement surréaliste qui prônait l'intégration d'une part de rêve dans le processus créatif et l'usage de l'écriture automatique, s'affirme ici, soulignant combien Magritte est acteur de ce courant historique, en dépit des nombreuses ruptures avec André Breton.

De la chambre aux nuages, Magritte fait une invitation au rêve. Il nous interpelle sur la nécessité de développer cette part d'imaginaire qui est en chacun. Tandis que le rêve implique la fragilité de l'image suggérée, Magritte construit sa composition avec beaucoup de subtilité. La verticalité rigoureuse des murs de la chambre est estompée ici par les nuages. En remplaçant l'architecture par le ciel, le peintre induit simultanément un sentiment de liberté et un risque lié au vide. Tout peut basculer...

Les lignes verticales de l'armoire et des montants du lit en bois sont mises à mal par les diagonales introduites, à gauche, par le peigne dressé sur le lit et, à droite, par la position biaisée du tapis sur le sol. L'introduction de ces deux pans inclinés vient perturber la stabilité de l'ensemble.

Posé à même le sol, le verre à pied, hiératique, s'impose au premier plan de manière magistrale comme centre du tableau. Mais cette statique générale est bien précaire, voire aussi fragile qu'un verre : la disposition du blaireau débordant le haut de l'armoire, prêt à rouler et à choir sur le sol, l'inclinaison du peigne calé contre un nuage dans l'angle de la pièce et le savon posé de façon oblique sur le tapis au sol, tout contrevient à cette harmonie qui pourrait se dégager d'une chambre à coucher. Ce lieu de sérénité est susceptible de subir les plus grands désordres du fait des objets introduits fallacieusement par l'artiste. Derrière chaque chose se cache une interrogation, une supposition, une interprétation possible. Comme dans l'appartement de Georges dans « Indiscrétion », la chambre peinte par Magritte dans *Les Valeurs personnelles* recèle ses mystères. « Il va en faire une bobine, Georges, en voyant que je lui ai bousillé son parquet. — Mais non. Attendez... C'est une trappe... »

... *« L'intitulation », véritable jeu mental poétique...*

Dans l'œuvre de René Magritte, tout s'attaque à la représentation et tout est fait pour plonger le spectateur dans la perplexité. La relation entre le mot et la chose telle que l'a décidée l'artiste est arbitraire. Tentés d'interpréter les images « magritiennes », nous sentons que celles-ci nous résistent. L'histoire des titres donnés à ses toiles contribue à renforcer le secret porté par chacune d'elles.

À l'inverse des personnages Un et Deux dans « Pour le Goncourt », qui déclarent : « J'ai plusieurs titres pour notre roman. — Dites-les... », René Magritte affirmait : « Mon titre n'explique pas mon tableau comme mon tableau n'explique pas mon titre », rompant ainsi le rapport traditionnel entre le titre et l'œuvre. Pour lui, le titre est un moyen de prolonger l'interrogation du spectateur. À Bruxelles vers 1930, entouré de ses nombreux amis parmi lesquels on compte Marcel Lecomte, Paul Nougé et Louis Scutenaire, le peintre avait formé une société intellectuelle qui brillait par son sens de l'ironie et ses formules dévastatrices. Dans le cadre des réunions de cette société, les membres s'adonnaient à une « invention collective » dont Magritte lui-même fournissait la matière. Un tableau n'étant terminé qu'à partir du moment où il avait reçu un titre, le peintre présentait ses œuvres au groupe qui devait les intituler. C'est dans le cadre de ce moment cérémoniel, « l'intitulation », véritable jeu mental poétique, que chaque œuvre de Magritte recevait le titre qui lui correspondait.

Ainsi, le titre *Les Valeurs personnelles* se révèle être

un élément constitutif de l'œuvre sans pour autant donner une clé susceptible de permettre une compréhension de la peinture. Pour le peintre, le spectateur n'est pas appelé à se délecter de ce qu'il voit mais à s'inquiéter de ce qui lui échappe.

… Nous faire repenser le monde…

Parmi les correspondances révélées entre l'œuvre de Dubillard, *Les Diablogues*, et celle de René Magritte, *Les Valeurs personnelles*, nous retiendrons que chacun d'eux a souhaité par son mode d'expression artistique nous affranchir du carcan de toute pensée unique et réductrice.

Avec un déferlement de mots, l'auteur nous introduit dans un univers où les grilles de compréhension sont différentes d'un personnage à l'autre, tandis que le peintre se plaît à juxtaposer les images de façon imprévue pour nous demander : « Qu'est-ce que la réalité ? » Chez l'un et l'autre, le but, semble-t-il, est d'essayer de nous faire repenser le monde qui est le nôtre à partir d'un ensemble de valeurs renouvelées.

Dans son théâtre, Dubillard ne s'alimente de rien d'autre que de mots : le langage, le son, le bruit des mots sont la matière avec laquelle il travaille ses images. Aussi l'œuvre de Dubillard entre-t-elle en totale résonance avec le référentiel de Magritte « Les mots et les images », qui assure notamment qu'« un mot peut prendre la place d'un objet dans la réalité ».

Le texte

en perspective

Marianne et Stéphane Chomienne

Vie littéraire

Radio et théâtre en France au XXe siècle

1.

La radio, un monde nouveau de communication

1. *La radio, une invention récente*

La radio, encore toute jeune, arrive à peine à son premier centenaire. Elle est pour ainsi dire une œuvre collective : pour la voir apparaître, il a fallu attendre les découvertes techniques et technologiques du XIXe siècle, venues des quatre coins du globe. De nombreux savants ont permis d'aboutir à l'invention de la radio. Citons parmi eux les inventeurs américains Nikola Tesla et Charles Edison, qui ont permis l'enregistrement du son et la première communication radio, l'Allemand Heinrich Rudolf Hertz, qui a donné son nom aux ondes hertziennes, le Russe Alexandre Popov, qui a découvert le principe de l'antenne pour permettre les liaisons à grande distance. À la fin du siècle, les différents éléments se trouvent réunis. En France, c'est en novembre 1898 qu'Eugène Ducretet et Ernest Roger font la première démonstration publique de transmission sans fil : un message en morse est envoyé depuis le troisième étage de la tour Eiffel et arrive… au Panthéon, à environ quatre kilomètres de là. Les premières applications de ces découvertes sont l'apanage de la Marine : des stations côtières sont installées pour assurer la sécurité maritime et les paquebots en sont équipés. Il faut attendre 1907 pour que soit retransmise la voix humaine, celle d'une cantatrice, Geraldine Farrar. Pendant la Première Guerre mondiale, la radio entre dans le conflit : elle sert à transmettre des informations ou à désinformer au contraire, tandis que la diffusion de musique est utilisée en guise de divertissement.

2. *Naissance des premières stations*

C'est dans les années 1920 que débutent les premiers programmes de radiodiffusion. En octobre 1920 apparaît la première station commerciale, à Pittsburgh, aux États-Unis, la KDKA, et sa première émission, le 2 novembre, se limite à un reportage sur l'élection présidentielle accompagné de la diffusion de plusieurs disques. En 1921, aux Pays-Bas, naît la « Nederlandse Radio Industrie » et en France le « Poste de la tour Eiffel » dirigé par le général Ferrié. Le soir de Noël, la première émission radiophonique française est diffusée depuis la tour Eiffel : pendant une demi-heure se succèdent une revue de presse, un bulletin météo et un morceau de violon. En Angleterre, la BBC (British Broadcasting Corporation) associe plusieurs fabricants de radio et lance sa première émission le 14 novembre 1922.

En France, le poste de la tour Eiffel appartenait

donc à l'armée, mais dès 1922 de nouvelles radios voient le jour : Radiola, qui fabrique des récepteurs, crée la première radio privée dotée d'un programme quotidien, plus divertissant que celui de la « tour Eiffel », proposant, en décembre 1922, un conte de Noël avec bruitages. Au début des années 1930, le paysage radiophonique français a de quoi nous étonner : il n'existe pas moins de vingt-cinq stations de radiodiffusion (six à Paris, dix-huit en province et une internationale), onze sont nationalisées et quatorze sont privées ! Sans doute cette diversité stimule-t-elle la création de programmes plus populaires, faits de musique légère, de jeux radiophoniques et de grands feuilletons dont le plus célèbre est « La famille Duraton », créé en 1937 : une histoire simple, celle d'une famille qui se réunit tous les soirs au moment du repas et réagit aux événements quotidiens.

3. *La guerre et après...*

Pendant la Seconde Guerre mondiale, les progrès technologiques se poursuivent à grande vitesse et la radio acquiert ses lettres de noblesse. Elle devient également un outil de propagande : la guerre est aussi une guerre des ondes. D'un côté, le gouvernement de Vichy se sert de l'antenne nationale. De l'autre, la BBC émet des émissions en direction des Français : l'appel du 18 juin 1940 du général de Gaulle est suivi de la création d'une émission régulière, « Les Français parlent aux Français », diffusée à partir du mois de juillet depuis Londres et ce jusqu'en août 1944. Après la guerre, la radio poursuit son développement : les postes de réception laissés par l'armée permettent à un plus grand nombre d'écouter ce mode de diffusion. De plus, les avancées techniques, rapides, aboutissent à l'invention du transistor dans les années 1960.

L'après-guerre est marquée par la constitution de réseaux nationaux et internationaux : les stations se multiplient et se déploient au rythme des progrès de la maîtrise des ondes (reconstitution des émetteurs détruits par la guerre, utilisation de la bande FM). Dans un premier temps, les émissions ne sont perçues que dans un cercle restreint, c'est Paris Inter, par exemple, que l'on reçoit à Paris et dans sa proche banlieue. La radio ressemble de plus en plus à celle que nous connaissons : après une période de monopole de l'État sur la radiodiffusion à la suite de la guerre, de nouvelles stations comme Europe 1 ou RTL sont créées. Certaines émissions imaginées dans les années 1950 existent encore aujourd'hui, comme « Le Masque et la Plume », tribune de critiques culturels née en 1955 ou le « Jeu des mille francs », apparu en 1958 et rebaptisé depuis peu « Jeu des mille euros ». Notons cependant que la radio est confrontée dans cette même décennie à une concurrente de poids, la télévision, à laquelle elle est rattachée quand la RDF (radio diffusion française) devient RTF (radio télédiffusion française). Avec la Maison de la Radio, inaugurée en 1963, trois stations nationales sont créées (France Inter, France Musique et France Culture), qui prennent le relais de Paris Inter. Un nouveau pas en avant est franchi avec la libéralisation des ondes en 1981 et la création de nombreuses radios libres. Enfin, l'évolution n'est pas terminée puisque, nous le voyons, le développement d'Internet permet un nouveau rapport avec la radio, notamment par le biais de la « baladodiffusion », mieux connue sous le terme anglais de podcast qui libère l'auditeur des horaires fixes de diffusion ; il existe même désormais des webradio qui n'existent que sur Internet, comme Arteradio.

2.

La radio : un nouvel espace de création littéraire

1. *La création littéraire à la radio : des débuts mouvementés*

Dès ses débuts, la radio fait appel à la littérature pour proposer des programmes. Il s'agit de retransmissions théâtrales mais plus encore d'œuvres écrites pour la radio ou adaptées pour elle. En mai 1924, une revue, *L'Impartial français,* organise le premier concours de littérature radiophonique. Le jury ? Des écrivains comme Colette, Léon-Paul Fargue ou Rosny aîné et des personnalités du théâtre comme Jacques Copeau. Les résultats ? Deux prix sont créés, l'un couronnant l'aspect littéraire de l'œuvre, l'autre récompensant les qualités plus proprement « radiogéniques », c'est-à-dire plus spécifiques à la radio. Les créations radiophoniques ne sont pas alors de tout repos, faute d'une éducation des auditeurs. Pourtant, l'efficacité dramatique de ce média est bien réelle. Pour preuve, *Maremoto,* « raz-de-marée » en italien, un dialogue de Gabriel Germinet entre un radio-télégraphiste et un marin qui lancent un SOS parce que leur navire est en train de couler. Les bruitages faisaient entendre de façon très réaliste la pluie, le vent, les craquements de la coque, de sorte que l'auditeur pouvait croire qu'il assistait au naufrage en direct. L'émotion fut telle lors de la répétition qu'à la suite d'une intervention du ministère de la Marine la diffusion de l'œuvre fut interdite jusqu'en 1937.

La panique consécutive à une émission diffusée aux États-Unis en est un autre exemple. Le soir d'Halloween, le 30 octobre 1938, Orson Welles prend le micro sur la station CBS. Il incarne un certain professeur Richard Pearson et, avec la troupe du théâtre Mercury, fait croire aux auditeurs que les États-Unis sont envahis par les Martiens. Cette pièce radiophonique, qui prend la forme d'un reportage, s'inspire du roman de H. G. Wells, *La Guerre des mondes*. On entend un commentateur annoncer qu'un objet enflammé s'est écrasé sur une ferme dans le New Jersey. Sur place, Carl Phillips, un journaliste, interviewe un témoin, puis informe que surgissent à quelques mètres de lui des êtres monstrueux. Les policiers et le professeur s'approchent de l'objet pour l'examiner. Derrière eux, prétendent-ils, une forme étrange s'élève et se met à cracher des flammes sur la foule. Les auditeurs, surtout ceux qui n'avaient pas écouté le début de l'émission, sont effrayés et croient sans difficulté à ce qu'Orson Welles et sa troupe inventent en direct dans un studio. Plusieurs milliers de personnes s'enfuient de chez elles en croyant que le New Jersey est réellement envahi par les Martiens. Cette émission est devenue l'un des mythes de l'histoire de la création radiophonique. Ces exemples montrent combien la radio est proche de l'auditeur, ainsi que l'analyse Jean

Lescure (« La radio et la littérature », *Histoire des littératures*, t. 3, Gallimard, Bibliothèque de la Pléiade) :

> C'est immédiatement l'essentiel et non l'enveloppe qui se propose à l'auditeur ; le sérieux, la gaieté, l'émotion de la voix d'un être humain qui parle quelque part, sans visage sans doute, sans faire attention à vous, l'auditeur, mais cependant *pour* vous. En dépit de toutes les solitudes, de toutes les distances, il y a une voix qui cherche une personne, corps et âme, qui l'entendra. Cette personne, chaque auditeur, à chaque instant, peut se sentir l'être, se trouver ainsi révélé à lui-même, touché dans son secret, et bien plus immédiatement concerné par ce qu'il *entend* que par la littérature écrite traditionnelle.

2. *Le club d'essai, un laboratoire d'écritures*

Toutefois, la radio n'est pas réellement prise au sérieux par les écrivains français d'avant-guerre. À cela, plusieurs explications possibles : d'une part, le nombre des foyers possédant un récepteur est encore restreint (77 récepteurs pour 1 000 habitants en 1936), dès lors les écrivains sont réticents à participer à une entreprise aussi confidentielle ; d'autre part, la radio rémunère chichement ceux à qui elle fait appel. Bien des auteurs manifestent du dédain à son endroit : Jean Cocteau, qui déclare dans *Les Nouvelles littéraires* datées du 21 avril 1934 que « la T.S.F., comme le phonographe d'ailleurs, ne peut servir l'art que très imparfaitement », ou Georges Duhamel, qui la voit en 1935 comme « une odieuse menace pour le silence »… En 1942, cependant, a lieu à Beaune un stage animé par un grand metteur en scène de théâtre, Jacques Copeau, au cours duquel se rencontrent des acteurs, un quatuor vocal et des hommes de radio. C'est l'acte fondateur du Studio d'essai de la Radiodiffusion française qui s'installe au 37, rue de l'Université à Paris, sous la direction de Pierre Schaeffer, futur inventeur de la musique concrète. En avril 1946, Jean Tardieu succède à Schaeffer et devient maître de ce qu'il baptise le « Club d'essai ». Celui-ci diffuse des émissions variées pendant deux ou trois heures, les jeudis, samedis et dimanches : émissions dramatiques et musicales, des variétés, des documentaires, des entretiens… La personnalité de Tardieu donne un élan décisif à la création dramatique sur les ondes : il est en effet écrivain, travaille pour les éditions Gallimard et connaît de ce fait de nombreux auteurs à qui il demande d'écrire pour la radio. Sous son impulsion, ce sont plus de sept cents heures d'émissions dramatiques qui sont enregistrées par an. Tous les écrivains, reconnus ou nouveaux venus dans le monde des lettres, sont mis à contribution : Jacques Prévert, Albert Camus, Antonin Artaud, Francis Ponge, Raymond Queneau, François Billetdoux… Certains deviennent même écrivains à sa demande, pour fournir des heures de programmes. Et parmi eux, un jeune homme du nom de Roland Dubillard.

Dans son livre de souvenirs, *Fidèle au poste*, Roger Grenier évoque cette époque, parlant du Club d'essai comme du « plus extraordinaire lieu de créativité, de découverte, de recrutement de talents nouveaux qu'ait jamais connu la radio ». Le dimanche 27 mars 1960, le Club d'essai émet sa dernière émission. Jean Tardieu prend la direction de France Musiques. Ainsi pendant vingt-cinq ans, il aura été à l'origine de quelque vingt-cinq mille heures d'antenne, trois cents conférences et colloques sur la radio, et de plus de trois mille pages de publications spécialisées dans le domaine. Aujourd'hui encore, le Club d'essai de Tardieu est une référence incontournable pour ce qui concerne la création littéraire à la radio : peu de stations poursuivent cette ligne éditoriale, à l'exception de France Culture, principale commanditaire de fictions qui place son travail sous l'égide de son prédécesseur, comme le signale le portail de son site Internet : « Dans la lignée des expérimentations menées au "Club d'essai", France Culture continue de voir là son territoire de prédilection. Cet univers de découvertes sonores abrite plusieurs ateliers d'orfèvrerie radiophonique dans le registre de la fiction et du documentaire. »

3. *Et à l'étranger ?*

Signalons, pour commencer, un fait peu connu. À la fin des années 1950, de nombreux auteurs, peu sollicités par la radio française, répondent à l'invitation de Werner Spies, jeune journaliste d'une radio allemande, la Süddeutsche Rundfunk, et partent outre-Rhin créer des pièces radiophoniques. Qu'on en juge plutôt : Michel Butor, Claude Ollier, Robert Pinget, Monique Wittig, Daniel Boulanger, Marguerite Duras, Nathalie Sarraute et même Samuel Beckett ! Intéressons-nous aux deux derniers, dont l'œuvre théâtrale a entretenu des rapports importants avec la radio.

La romancière Nathalie Sarraute, déjà connue pour avoir écrit des romans qui renouvellent le genre, mais qui n'a encore jamais écrit pour le théâtre, se voit donc proposer par Werner Spies d'écrire une pièce radiophonique. Cette première pièce, *Le Silence*, met en présence six personnages qui ne peuvent poursuivre leurs conversations à cause du silence d'un septième. Elle est d'abord diffusée à la radio allemande en avril 1964. C'est donc par la radio que Nathalie Sarraute naît au théâtre. Au départ, elle ne pense pas pouvoir réussir à transposer son univers au théâtre. N'ayant aucune connaissance du langage théâtral conventionnel, elle invente une forme adaptée à ce medium, la radio, nouveau pour elle : un théâtre mental, un théâtre pour l'oreille. Elle utilise le dialogue radiophonique pour faire dire à ses personnages tout ce qui précède habituellement le dialogue : les sous-entendus, les pensées, les fantasmes, et même simplement parfois des images ou des métaphores. Cette pièce est suivie en 1966 par *Le Mensonge*. Ici, l'harmonie est rompue entre les neuf personnages, car l'un d'entre eux a dénoncé un petit mensonge insignifiant. Elle est diffusée simultanément le 2 mars 1966 en français sur France Culture et la radio belge et en allemand sur la Süddeutsche Rundfunk. C'est seulement l'année d'après que Jean-Louis Barrault met en scène ces deux pièces au Petit Théâtre de l'Odéon où elles reçoivent un accueil enthousiaste du public. De même, les deux suivantes sont d'abord écrites pour la radio — *Isma* (diffusée sur la Süddeutsche Rundfunk en janvier 1970 et sur France Culture en juin 1970) et *C'est beau* (diffusée sur France Culture en octobre 1972) —, avant de connaître une existence scénique grâce à Claude Régy qui les met en scène, en février 1973 (*Isma*) et en février 1975 (*C'est beau*).

Quant à Samuel Beckett, même s'il n'a pas commencé avec la radio, il entretient aussi des liens très forts avec elle. En effet, quand la BBC lui propose d'écrire une pièce, il est déjà l'auteur d'*En attendant Godot.* En écrivant *Tous ceux qui tombent* (*All That Fall*), sa première pièce pour la radio, Beckett trouve son inspiration dans ce média qui ne s'intéresse qu'aux sons et aux silences. Comme il l'écrit à son amie Nancy Cunard : « Jamais pensé à la technique de théâtre pour la radio, mais au plus profond de la nuit m'est venue une belle idée horrible pleine de roues qui grincent et de pieds qui traînent, d'essoufflements et de halètements qui pourrait — ou pas — aboutir. » *Tous ceux qui tombent* est diffusé le 13 janvier 1957 et connaît un succès considérable. Traduite par Robert Pinget, la pièce sera enregistrée pour la radio française et diffusée en février 1959. Ensuite, Beckett écrit *Cendres* (*Embers*), pièce radiophonique en un acte pour cinq personnages. Le succès de *Cendres* conduit la BBC et la radio française à passer commande à Beckett : *Paroles et musique* et *Cascando,* deux pièces dont l'originalité réside dans la place qu'occupe la musique, traitée comme un véritable personnage. Le théâtre scénique de Beckett est, de plus, largement diffusé par la radio. D'autres pièces de Beckett écrites pour le théâtre seront adaptées pour la radio. C'est le cas de *L'Expulsé* en 1970, de *Compagnie* et du *Dépeupleur* en 1990.

4. *Les spécificités du théâtre radiophonique*

Cherchons à définir ce qui caractérise le théâtre radiophonique. De nombreux termes servent à le désigner : le drame radio (*radiophonique drama*), la scène radiophonique (*radio play*), le film radiophonique, la littérature radiophonique, la dramatique radiophonique, le radio-théâtre et même le terme allemand *Höhrspiel* (qu'on pourrait traduire par «jeu d'écoute»). Ces appellations témoignent du manque d'unité du genre. En effet, si l'on exclut la simple retransmission en direct d'un spectacle théâtral, les formes qu'il peut prendre sont multiples : lecture dramatisée, recréation dramatique réaliste ou non, monologue intérieur, collage sonore ou travail musical sur la voix et les bruits.

Plaçons-nous d'abord dans l'optique de l'auteur (et du metteur en scène). Il existe différentes catégories de théâtre radiophoniques : « La première utilise les ressources de la matière et de l'image sonore ; la deuxième met en jeu le découpage, le rythme, la construction dans le temps et l'espace ; la troisième attire la participation de l'auditeur en mêlant le réalisme objectif et subjectif, les faits et les rêves, le reportage et l'exploration d'une conscience » (E. Fuzellier, *Le Langage radiophonique*, Institut des hautes études cinématographiques). Plusieurs conceptions s'affrontent ici. Pour les uns, l'univers théâtral doit être créé principalement par le pouvoir évocateur des mots. Le son est réduit à sa plus simple expression, il n'est là que pour illustrer le texte. Pour les autres, au contraire, le théâtre radiophonique ne doit pas se fixer de limites sonores, il doit se constituer en genre à part entière et exploiter au maximum les possibilités techniques, le texte n'étant plus qu'un des éléments de l'œuvre radiophonique. Un grand nombre de réalisateurs de théâtre radiophonique vont naviguer entre ces deux pôles.

Intéressons-nous maintenant au comédien. Le théâtre radiophonique lui permet de jouer sur une scène immense et de toucher un très vaste public en une seule diffusion. Il fait vivre aussi un grand nombre d'entre eux : ainsi la BBC et France Culture, par le biais des commandes, offrent du travail à de nombreux comédiens. Le théâtre radiophonique, s'il paraît aujourd'hui en perte de vitesse, était même présenté en 1955 par Jacques Copeau comme une espèce de théâtre idéal pour le comédien.

> Déchargé du souci de la mémoire, puisqu'il garde le texte sous les yeux, délivré du trac, puisqu'il opère en vase clos, ne dépendant que de soi-même et de sa propre inspiration, puisque les réactions du public ne l'atteignent plus ; préservé de ces accidents matériels de décor, de costume ou d'accessoires, qui souvent dépossèdent un acteur sur le plateau, enfin réduit à la saine nudité, purifié par ce tête-à-tête avec le texte, qui seul nourrira son intelligence et sa sensibilité, condamné de plus à une immobilité qui devrait être pour lui le garant d'une concentration intense, n'attendant enfin le témoignage de sa sincérité que d'un instrument unique : sa voix, l'acteur devant le micro, à condition qu'il y soit préparé par une étude approfondie et par un nombre de répétitions convenables, devrait trouver des conditions idéales. (« Remarques sur la radio », *Notes sur le métier de comédien*).

Considérons enfin le « spectateur » du théâtre radiophonique. Coupé de la salle et du comédien, réduit au rôle de simple auditeur, il est contraint à l'instar du lecteur de roman de créer son propre théâtre intérieur. Il entretient avec le personnage dont il n'entend que la voix une relation très forte puisqu'il est lui aussi comme privé de corps. Il n'est d'ailleurs pas surprenant que le personnage récurrent du théâtre radiophonique soit l'aveugle, cet aveugle, le double de l'auditeur.

L'écrivain à sa table de travail

De la radio aux planches

1.

Genèse des *Diablogues*

1. *Faut-il être deux pour être comique ?*

Sur scène, ils sont deux le plus souvent, Un et Deux. Deux hommes ? Un homme et une femme ? Deux femmes, peut-être ? Rien ne vient le préciser et toutes ces combinaisons paraissent possibles. Seule certitude, ils sont deux et seulement deux. Les duos forment un dispositif courant du registre comique : au cirque, deux clowns, le clown blanc et l'auguste, personnage au grand sourire rouge ; dans les films muets des débuts du cinéma, Laurel et Hardy amusent ; dans les dessins animés, nous avons tous ri des poursuites de Tom et Jerry ; hier, Pierre Dac et Francis Blanche, Jean Yanne et Jacques Martin, Roger Pierre et Jean-Marc Thibault, Jean Poiret et Michel Serrault, et aujourd'hui Kad et Olivier, Éric et Ramzy ou encore Omar et Fred. La répartition des rôles peut expliquer cette prédominance des couples d'humoristes. Le clown blanc, sérieux et intelligent, sert de faire-valoir à l'auguste, il en souligne les pitreries et les maladresses et c'est de l'écart entre ces deux figures que naît le plaisir du spectateur. La référence au cirque est d'autant plus justifiée que le nom de scène du premier duo auquel participe Dubillard fait signe vers cet univers : « Grégoire et Amédée ». Bien des duos d'humoristes sont formés sur ce même modèle : l'un est un être loufoque, qui frise même parfois la folie, et ses actes, ses paroles viennent rebondir sur l'autre, celui qui cherche à être raisonnable. On retrouve ce fonctionnement dans « L'examen », sketch dans lequel le rôle de l'auguste est tenu par un examinateur dont le délire devient un véritable cauchemar pour le jeune étudiant qui lui fait face. De même, « Monstres sacrés » fait la part belle à Un qui développe à outrance les évocations extravagantes d'une comédienne vieillissante (au point qu'elle devient la marionnette de ses domestiques sur scène), alors que Deux semble en mineur, simple relance dans le dialogue. Toutefois, bien des textes de notre recueil refusent de se plier si simplement à une répartition trop schématique des rôles. Qui, en effet, de celui qui hait la pluie ou de celui qui le pousse dans ses derniers retranchements jusqu'à lui faire avouer qu'il a peur de possibles ennuis avec des policiers, est le plus sérieux ? L'un des deux joueurs de ping-pong est-il vraiment plus « fou » que l'autre ? Rien n'est moins sûr et la mise en scène peut sur ce point décider d'attribuer à l'un ou l'autre, ou même aux deux, la palme de l'extravagance. C'est donc à la radio que tout a commencé…

2. *« Grégoire et Amédée présentent... »*

« Je me souviens de "Grégoire et Amédée présentent Grégoire et Amédée dans *Grégoire et Amédée*" », écrit Georges Perec dans *Je me souviens*, en 1978. En effet, tout au long de l'hiver 1953, chaque soir sur Paris Inter, entre sept heures moins cinq et sept heures, on pouvait écouter un sketch de Roland Dubillard et Philippe de Chérisey. Ce sont ces textes qui ont été repris dans *Les Diablogues*. À l'époque, les auditeurs étaient pris au dépourvu, surpris par ces dialogues déroutants et par l'humour décalé du duo, comme, plus tard, les téléspectateurs de FR 3 devant « La minute nécessaire de Monsieur Cyclopède » de Pierre Desproges. Au printemps 1954, en raison, semble-t-il, de réactions hostiles d'un certain nombre d'auditeurs, la direction de la station suspend l'émission. Cette interruption est de courte durée, Grégoire et Amédée reviennent sur les ondes. Plusieurs années après la rédaction de ces sketches avec Philippe de Chérisey, Roland Dubillard en explique l'origine :

> À l'époque, on nous avait demandé de faire des choses qui se rattachaient à l'actualité. On n'a pas tenu compte de cette injonction. Et nous avons fait des sketches dans l'absolu. C'est ce qui fait qu'ils ne sont pas plus rattachés à l'actualité de maintenant qu'à l'actualité de 1955, au moment où on les écrivait. Ce sont des sketches qui abordent des problèmes éternels, par exemple, la vieillesse ou la pluie. Enfin, ce sont des choses qui ont toujours existé.

3. *Les premiers pas sur scène*

Entre la dernière intervention de Grégoire et Amédée et la première des *Diablogues*, il se passe presque vingt ans. C'est long. Pendant cette période, deux comédiens, Jacques Seiler et Marc Dudicourt, accompagnés de quelques autres, portent les textes de *Grégoire et Amédée* sur scène. *Le Gobe-douille*, leur premier spectacle, a lieu en avril 1971, au théâtre du Vieux-Colombier, repris ensuite au théâtre La Bruyère. Salué par la critique, il mélange des textes courts de Dubillard et d'autres auteurs contemporains. L'aventure se poursuit en novembre 1971 avec un autre spectacle donné au théâtre Montparnasse, juste après une pièce d'Harold Pinter, et intitulé logiquement *After-show*. Les deux compères renouvelleront l'expérience sept ans plus tard en mettant en scène et en jouant *L'Eau en poudre* à La Cour des Miracles, un théâtre parisien.

2.

Quelques mises en scène des *Diablogues*

1. *La création en 1973*

Deux hommes en costumes sombres occupent la scène du théâtre de la Michodière : Un, rêveur et tendre, conscience douloureuse du couple, Roland Dubillard lui-même ; Deux, monument de niaiserie, incarnation de l'homme satisfait, interprété par Claude Piéplu. Les critiques s'accordent à saluer la qualité du spectacle. En témoignent les interventions des trois critiques de l'émission de France Inter « Le Masque et la Plume ». Gilles Sandier pense que Roland Dubillard n'est nulle part meilleur que dans ces sketches :

> Il a un don diabolique de la logique socratique qui nous fait tourner en bourriques, qui fait que sous nous le sol glisse, qu'on ne sait plus où est l'identité, on ne sait plus où est le a, le b, le dedans, le dehors, l'existence ou le néant. Et ceci dans une série de sketches qui parlent de la vie quotidienne : […]. C'est prodigieux, un niveau d'intelligence et d'absurde savamment conduit qui me fait penser à une espèce de sophistique brillante qui en plus touche le fond des choses comme chez Socrate.

Alfred Simon n'est pas moins élogieux :

> Il revient aux dialogues de Grégoire et Amédée qu'il donnait autrefois à la radio. C'est prodigieux parce qu'on rit du début à la fin. Et finalement les sketches ne sont pas mis n'importe comment et ce n'est pas par hasard que le spectacle se termine par le plus étonnant d'entre eux qui évoque la vieille comédienne. On rit et c'est atroce en même temps. Et la bêtise de Piéplu est géniale.

Enfin, Dominique Jamet salue particulièrement la performance de Claude Piéplu :

> Ce que Dubillard apporte comme auteur, Piéplu en apporte l'équivalent comme acteur parce que Dubillard très sagement tout au long de ces deux heures joue le rôle du faire-valoir de Piéplu. Et Piéplu est l'interprète parfait de Dubillard.

Le plus bel hommage est rendu par Matthieu Galey dans les colonnes du *Quotidien de Paris*, le 16 janvier 1975 :

> Duettistes désaccordés, comme un couple après trente ans de mariage, virtuoses de la fausse note et du *glissando* vers l'absurde, du *rigolando* jusqu'aux larmes, cancres perdus dans les mathématiques de la folie douce, dans l'algèbre des impossibles, victimes résignées des farces de l'existence et des passe-passe du vocabulaire, pitres sans farine, clowns sans faux nez, poètes sans sérieux ni décoration, grands comédiens sans premier prix, Dubillard c'est le pied, et Piéplu c'est du billard — la cousine Paulette, toujours aussi lamentable… Il n'empêche qu'elle a raison : Dubillard est un dieu à sa manière, et Piéplu son prophète de bonheur. Inutile de diabloguer davantage. Allez et riez ; ils feront le reste.

2. *Les diablogues sans Dubillard ?*

Quand Catherine Marnas entreprend de les mettre en scène au théâtre de la Passerelle à Gap, il semble que, en 1992, *Les Diablogues* sont un peu tombés dans l'oubli. Elle refuse l'idée selon laquelle le théâtre de Roland Dubillard ne vaudrait que s'il était joué par Roland Dubillard. Elle en conçoit le texte comme une véritable partition musicale et dirige ses comédiens avec la rigueur d'un chef d'orchestre. Elle s'en explique, définissant ainsi la spécificité des *Diablogues* :

> Si la note est ratée, ça tue vraiment le comique de Dubillard. Si on ne prend pas la note, quelque chose ne se fait pas. C'est probablement ce qui fait dire qu'en dehors de la voix très particulière de Dubillard, de cette voix qui n'a pas de début, pas de fin, qui est une chose étale, on rate quelque chose. C'est ce que les gens soulignent sans en être conscients, cette espèce de musique, cette partition écrite en dessous.

Elle transpose l'univers des *Diablogues* dans un musée dont Marc Betton et Philippe Morrier-Genoux sont les gardiens. Un et Deux sont enfermés dans les sous-sols du musée et refont le monde. Elle prend le parti de couper certaines fins de sketches et de réunir les diablogues en un spectacle unique :

> Je crois que le retour au réel à la fin de chaque sketch aurait tué ce qui m'intéresse — je ne dis pas que je suis détentrice du sens Dubillard, pas du tout —, mais ce que j'aimais, ce qui me permettait de décoller avec Dubillard, je l'atteignais davantage quand il y avait cette plongée, alors que, si on avait coupé, cela aurait été une manière de revenir au réel, chaque fois. J'aurais moins eu ce côté lunaire que j'aime beaucoup chez Dubillard, qui correspond à sa voix. J'insiste beaucoup sur sa voix car c'est une des premières choses qui m'ait fascinée chez Dubillard.

3. *Au théâtre du Rond-Point en 2007*

Anne Bourgeois, quinze ans plus tard, choisit à son tour une douzaine de diablogues pour les mettre en scène. Un et Deux (Jacques Gamblin et François Morel) sont installés dans un décor très simple : deux fauteuils sur une sorte d'ellipse dessinée au sol et, au-dessus d'eux, un ciel étoilé. Elle raconte les conditions dans lesquelles elle a conçu sa mise en scène :

> Au départ j'ai fait une sélection de textes, un peu aléatoire, en fonction de ma sensibilité, de mes goûts, en choisissant majoritairement dans les *Diablogues*, qui sont plus tendres que les *Nouveaux Diablogues*. Petit à petit, je les ai ordonnés, une sorte de progression thématique est apparue : dans le spectacle, on va de l'abstrait vers le concret.

Anne Bourgeois souligne la dualité des personnages en faisant se succéder les sketches par paire : la naissance (« Le plongeon » et « Le ping-pong »), la musique (« La leçon de piano » et « Musique de placard »), le langage (« La pluie » et « Le compte-gouttes »). Contrairement à Catherine Marnas, elle n'a pas cherché d'autre unité :

> Au total, il s'agit d'une série de moments, ce n'est pas une vraie pièce avec 11 scènes, donc on enchaînera de différentes manières, soit avec un vrai noir entre chaque diablogue, soit avec des transitions.

Jacques Gamblin précise la relation entre les deux personnages : « Qui sera l'autoritaire et qui le naïf ? En fait, nous inversons sans cesse la tonalité des rôles [...]. D'autant que les personnages des *Diablogues,* nommés Un et Deux, ne sont ni amis ni ennemis, mais deux solitaires qui ont besoin l'un et l'autre de tenter de saisir le monde avec les mots. Parler est pour eux une question de vie ou de mort. » Et François Morel ajoute : « C'est comme si ces deux personnages, tels des enfants déjà dotés de langage, ne connaissaient rien, et découvraient tout. On ne travaille pas du côté de la brillance du cabaret mais plutôt du côté de la chair, de l'humain. » Pour ce spectacle, les critiques sont unanimes et élogieuses, à juste titre.

3.

Une œuvre comique ?

1. *Un regard étonné sur le monde*

Quoi de plus anodin que les thèmes des *Diablogues*? Si l'on parcourt d'un œil distrait leurs titres, peu de choses retiennent notre attention. L'inventaire évoque plutôt notre univers quotidien dans ce qu'il a de plus proche, de plus commun : « La pluie », « Le compte-gouttes », « Les oiseaux », « Le ping-pong », ou encore « Les voisins », « Le plongeon », « Photos », « Consultation »... L'humour de Dubillard naît de ces petits riens qui nous entourent. Principe de base : rien ne va de soi dans notre monde et il suffit de jeter un regard étonné sur les objets pour provoquer le rire. Qu'est-ce donc que ce compte-gouttes qui ne peut former des gouttes que dans un seul sens et ne peut même pas les compter sans aide ? Et cet hippocampe que tout le monde s'ingénie à comparer à un cheval alors qu'évidemment « y a pas de doute que ce qui devrait frapper d'abord, quand on voit un hippocampe, c'est que c'est extrêmement différent d'un cheval » (« Le ping-pong ») ? Cet effarement face au plus banal, à ce que nous acceptons sans retenue comme une donnée objective, est réellement comique parce qu'il nous montre que nous acceptons sans y penser, sans réfléchir, cet univers qui est le nôtre. Souvenez-vous du récit minutieux du déplacement de la grande tragédienne de « Monstres sacrés » qui, chose étonnante, utilise ses deux pieds l'un après l'autre alors que,

« puisqu'elle avait commencé à remuer celui-là, il n'y avait pas de raison pour qu'elle change… ». Soit l'on en conclut que les personnages des sketches sont des êtres simplets et risibles qui ne savent pas décoder le réel et s'accrochent à ses moindres détails. Soit nous acceptons de plonger, comme ces deux-là, dans l'observation naïve et renouvelée de nos façons de faire et de voir.

Le titre même du recueil, *Les Diablogues*, ne laisse-t-il pas entrevoir une dimension inquiétante, en sous-entendant qu'un être diabolique intervient ? Interrogé sur ce titre, en 1975, alors qu'il les jouait sur scène, Dubillard confie (*Le Figaro*, 11-12 février 1975) :

> Disons plutôt que « l'Ange du Bizarre » s'est introduit dans la conversation de deux personnages réfléchis qui parlent du quotidien : de la musique de Bach et Beethoven, du compte-gouttes, des moyens de devenir célèbre, de la médecine, de l'arithmétique…

Tout se passe comme si le diable s'en mêlait, pour nous révéler l'étrangeté des choses, nous faire accéder à une nouvelle connaissance, une nouvelle perception du monde. On peut même ressentir une sorte de malaise, ainsi que l'a analysé Bertrand Poirot-Delpech, dans *Le Monde* du 27 novembre 1971, à propos des textes choisis par Jacques Seiler, qui « font se demander si le but de Dubillard est bien de faire rire. On dirait plutôt qu'il veut communiquer un malaise, celui que lui donnent ses rapports personnels avec son corps — les pieds surtout — avec les objets — de préférence usuels et insignifiants — ou avec les mots, ces monstres d'illogismes ».

Et face au malaise, quelle meilleure défense que le rire ?

2. *Quand la logique s'en mêle, ou s'emmêle...*

Les Diablogues frappent par l'implacable logique de leurs développements. Il serait trop facile de ranger Dubillard aux côtés des dramaturges de l'absurde dont deux figures dominent les années 1950, Eugène Ionesco et Samuel Beckett. Il s'en défend d'ailleurs dans un entretien qu'il accorde à un journaliste de *Libération*, Mathieu Lindon, à qui il déclare en octobre 1997 :

> L'absurde, ce n'est pas mon affaire. Il y a un excès de logique, parfois, dans la vie. [...] Dans *Olga ma vache* [une nouvelle de Dubillard], la dernière phrase résume ma façon de voir, elle dit : Les problèmes qui sont des faux problèmes, il faut les résoudre quand même. C'est un peu le sens de mon écriture. Il y a un machin qui ne marche pas. Il faut essayer de résoudre la difficulté. Mais elle demeure. On se jette à l'eau, c'est tout, en espérant qu'on pourra nager.

Les deux personnages, Un et Deux, paraissent parfois creuser ensemble un même sillon pour mieux comprendre le monde. Il suffit de relire « La pluie » pour se rendre compte que Dubillard, loin de créer des situations infondées, absurdes, s'appuie sur nos raisonnements et joue à les mener à leur terme. Deux peut ainsi affirmer : « Voilà ! Vous voyez ce qu'on découvre, quand on s'efforce de raisonner un peu. Vous dites : "Je n'aime pas la pluie", et en réalité qu'est-ce que ça veut dire ? Ça veut dire tout simplement que vous craignez la police. »

Le dialogue a une vertu essentielle dans les textes de Dubillard, car il est un moyen de compréhension, d'analyse du monde, des objets et des gens. Parler, c'est se révéler à soi-même autant qu'à l'autre. Et si, dans certains textes, les deux personnages peuvent paraître peu distincts, c'est sans doute parce qu'ils sont deux facettes d'un seul et même personnage qui se parlerait à lui-même. Parfois les metteurs en scène ont joué la carte de cette parenté des deux voix ; tel est le cas d'Anne Bourgeois qui a donné les rôles à deux acteurs assez proches, Jacques Gamblin et François Morel, et a souligné leur parenté en les habillant de la même façon. On a pu parler à propos de Dubillard de dialogue socratique, c'est-à-dire d'une conversation qui avance méthodiquement vers l'éclaircissement d'un point obscur, vers la compréhension d'une zone d'ombre. La logique du dialogue ne conduit pourtant pas à retrouver notre propre connaissance des choses : nous retrouvons l'étonnement face au monde, mais un étonnement second, non pas celui que provoque la simple contemplation du monde mais celui qui naît d'une analyse raisonnée de nous-même.

3. *Le jeu avec les mots*

On s'accorde le plus souvent, dans la presse et la critique, à reconnaître en Roland Dubillard un poète. C'est aussi de cette façon qu'il se définit. Et une partie de son œuvre est proprement poétique : *Je dirai que je suis tombé* et *La Boîte à outils.* Mais ses autres textes, qu'il s'agisse de théâtre ou de nouvelles, portent aussi la trace de son écriture poétique. D'ailleurs, les *Carnets en marge* (Gallimard, 1998) montrent qu'il fait alterner prose, théâtre et poèmes sans véritablement établir de frontières entre ces trois genres. Il est poète en ce qu'il invente un monde personnel peuplé d'êtres étranges qui nous permettent de regarder le monde d'un œil renouvelé. Il est aussi poète en ce qu'il invente un univers de fantaisie un peu décalé du nôtre : on y trouve par exemple des poches à poches et une immense poche à tout qui nous contient... De l'écriture poétique, *Les Diablogues* retiennent également une attention particulière au langage et notamment aux sonorités. La musicalité des thèmes et des références se double d'un jeu sur les sons et les rythmes : les diablogues évoquent souvent l'univers de la musique (« La leçon de piano », « B.B. ou Musicologie », « Musique de placard ») et plus largement du son (« Le ping-pong », « Monstres sacrés », « La pluie »). Ils sont également le lieu d'une invention verbale toute poétique, jeux de rythmes et de sons du menu dans « Au restaurant », jeux de mots et d'expressions lorsqu'il est question d'un jeu « fourmidiable », d'une actrice « strottinette » (« Monstres sacrés ») ou interrogation sur la grammaire quand on se demande quel auxiliaire convient le mieux pour parler d'oiseaux : avoir ou être ?

Groupement de textes thématique

Visions comiques de l'art au théâtre

L'UN DES THÈMES RÉCURRENTS dans le théâtre de Dubillard, et en particulier dans *Les Diablogues*, c'est la représentation de l'art, sous toutes ses formes : la musique bien sûr, source d'inspiration fréquente, mais aussi le théâtre ou l'écriture littéraire. L'art aime à parler de lui-même. Nombreuses sont les œuvres picturales, de toutes époques, dans lesquelles la peinture se représente elle-même. Le théâtre dans le théâtre est par ailleurs l'un des motifs majeurs de l'histoire du genre dramatique. Les textes qui suivent dressent un tableau comique de l'art en général, théâtre, peinture, musique et littérature. Ils montrent que l'on peut rire des choses que nous rendons souvent excessivement sérieuses.

Alejandro JODOROWSKY (né en 1929)

« Être ou ne pas être »

Opéra Panique (2001)

(Métailié)

« Être ou ne pas être, c'est là la question », la tirade d'Hamlet pourtant peu portée à provoquer le rire dans la

pièce de Shakespeare a connu maints et maints détournements, le plus souvent dans un registre comique. Alejandro Jodorowsky, auteur multiforme aussi réputé comme auteur dramatique que comme scénariste de cinéma ou de bandes dessinées, s'en empare pour porter un regard amusé sur la prétention de certains acteurs et leurs rapports avec le public, sur le ridicule d'une partie du public également.

(Entre B, imitant Hamlet.)

B *(solennel)* : Être ou ne pas être… Être et ne pas être en même temps… Ne pas être, mais être en train d'être… Être en cessant d'être… Être aujourd'hui, demain non, après-demain oui… Être sur le point d'être… Être hors de l'être… Ne pas être ici mais être là-bas… Être dans le non-être… Être où l'on n'est pas… Ou ne pas être où l'on est… N'être jamais… etc., etc. Telle est la question !

(G, qui le regardait depuis sa chaise, applaudit à tout rompre. D, vaniteux, salue avec une dignité feinte. Puis s'assoit et fait mine de se démaquiller devant un miroir.)

B *(à son miroir)* : En toute modestie, c'est toi le meilleur !
G *(entre dans la loge)* : Magnifique ! Formidable ! Sublime !
B *(vaniteux)* : Hum, vous exagérez.
G : Vous m'avez émue aux larmes. Vous êtes génial ! Personne ne peut jouer Hamlet comme vous !
B *(faussement modeste)* : Je n'ai aucun mérite. Si j'ai tant de succès avec Hamlet, c'est seulement parce que le destin m'a doté, à la naissance, de cette superbe voix…
G : C'est bien dommage que les autres spectateurs ne vous comprennent pas. Il n'y a que moi qui vous comprends.
B *(inquiet)* : Et que disent les autres spectateurs ?
G : Ils disent que vous ne savez pas articuler, qu'on

ne comprend pas un mot de ce que vous dites, que vous parlez comme si vous aviez de la purée entre les dents…

B *(affecté)* : Comment est-ce possible ! Je me lave les dents tous les matins et…

G : Attendez, ce n'est pas tout. Ces imbéciles se moquent de votre démarche.

B *(très inquiet)* : Qu'est-ce qu'elle a, ma démarche ?

G : Rien, elle est divine. Mais ils disent que vous marchez avec les pieds en canard, comme un clown.

B *(se lève et marche comme elle l'a décrit)* : Comme le public est injuste !

G : Je les tuerais, ces vipères. Ils disent que vous n'avez pas de personnalité, que vous êtes un médiocre, vide et insignifiant. Que quand vous déclamez, vous avez la voix qui chevrote… Mais moi, et moi seule, je sais que vous êtes un génie ! Donnez-moi un autographe, même si c'est sûrement le seul qu'on vous demandera cette saison !

(B signe. G s'en va. B tombe sur sa chaise, totalement déprimé.)

B : Être ou ne pas être…

(Noir)

Jean-Michel RIBES (né en 1946)

« Tragédie »

Théâtre sans animaux (2001)

(Actes Sud-Papiers)

C'est toujours du public qu'il s'agit et de ses réactions, attendues ou espérées. Le spectacle est fini et il faut aller saluer l'actrice principale d'une pièce, parce qu'on la connaît bien, c'est un membre de la famille. Être lié à une actrice, un rêve ? Pas si sûr…

Ils sont chic. Costumes de gala. Louise, tendue, marche vite. Jean-Claude, visage fermé, traîne derrière elle. Escaliers, couloirs, ils cherchent un nom sur une porte.

LOUISE : « Bravo », tu lui dis juste « bravo », c'est tout.
JEAN-CLAUDE. *(Soupirs.)*
LOUISE : Je ne te demande pas de te répandre en compliments, je te demande de lui dire juste un petit bravo…
JEAN-CLAUDE. *(Soupirs.)*
LOUISE : Attention, qui sonne quand même, pas appuyé d'accord, mais qu'elle ne soit pas obligée de te faire répéter…
JEAN-CLAUDE : Je ne peux pas.
LOUISE : Tu ne peux pas dire « bravo » ?
JEAN-CLAUDE : Non.
LOUISE : Même un petit bravo ?
JEAN-CLAUDE : Non.
LOUISE : C'est quoi ? C'est le mot qui te gêne ?
JEAN-CLAUDE : Non, c'est ce qu'il veut dire.
LOUISE : Oh ! ce qu'il veut dire, ce qu'il veut dire, si tu le dis comme « bonjour », déjà il veut beaucoup moins dire ce qu'il veut dire.
JEAN-CLAUDE : Ça veut quand même un peu dire « félicitations », non ?
LOUISE : Oui mais pas plus. Vraiment pas plus.
JEAN-CLAUDE : J'ai haï cette soirée, tu es consciente de ça, Louise ?! J'ai tout détesté, les costumes, les décors, la pièce et Elle, surtout Elle !
LOUISE : Justement, comme ça tu n'es pas obligé de lui dire que tu n'as pas aimé, tu lui dis juste « bravo », un petit bravo et c'est fini, on n'en parle plus, tu es débarrassé et moi j'enchaîne… Tiens, sa loge est là !
JEAN-CLAUDE : Je n'y arriverai pas.
LOUISE : Jean-Claude, tu as vu où elle nous a placés, au sixième rang d'orchestre, au milieu de tous les

gens connus, elle n'était pas obligée, on n'est pas célèbres, on est même le contraire, elle a fait ça pour nous faire plaisir.

JEAN-CLAUDE : Je n'ai éprouvé aucun plaisir.

LOUISE : C'est bien pour ça que je ne te demande pas de lui dire « merci », là d'accord, « merci » ça pourrait avoir un petit côté hypocrite surtout si tu t'es beaucoup ennuyé, mais « bravo », franchement ! « Bravo » c'est rien, un sourire, même pas, un demi-sourire, une lèvre qui se retrousse à peine...

JEAN-CLAUDE : Je te dis que je n'y arriverai pas !

LOUISE : Alors, dis-le deux fois.

JEAN-CLAUDE : Deux fois ? !

LOUISE : Oui, « bravo, bravo ». Deux fois ça glisse tout seul, on ne se rend presque pas compte qu'on l'a dit, ça file, on n'a même pas le temps de penser à ce que ça veut dire. C'est un peu comme « oh pardon ! ». Quand tu dis « oh pardon ! » tu n'as pas l'impression de demander vraiment un pardon, de réclamer une absolution pour ta faute, non c'est une petite phrase qui t'échappe, et pourtant le type sur qui tu viens de renverser ta bière et qui a envie de t'égorger, en t'entendant dire « oh pardon ! » s'apaise aussitôt, comprenant que ce n'est pas un goujat qui lui a taché sa veste, mais un homme bien élevé, et il le devient à son tour en te répondant « je vous en prie ». Phrase dont lui non plus ne saisit pas le sens, sinon, l'idée de se courber mains jointes devant toi en priant lui ôterait toute envie de la prononcer. Et pourtant, il l'a dite ! Et vous vous séparez, sans insultes ni guerre, presque amis, prouvant que dix mille ans de civilisation n'ont pas été vains, puisqu'ils ont réussi à remplacer chez l'homme le réflexe de l'égorgement par celui de la courtoisie, et c'est pour ça, Jean-Claude, que j'aimerais que tu dises un petit bravo à Simone, juste pour qu'elle ne pense pas que mon mari a échappé à la civilisation... Est-ce que tu comprends ?

JEAN-CLAUDE : Qu'est-ce qui te prend à parler

comme ça, sans t'arrêter ? On vient d'entendre ta sœur pendant presque trois heures et demie, parler, parler, parler, j'ai cru mourir, et toi maintenant tu t'y mets ! ? C'est une histoire de fou ? C'est contagieux ou quoi ? Si tu dois continuer, dis-le-moi tout de suite, parce que je te préviens, avec toi ce ne sera pas comme avec Simone, je sors, je fous le camp de ce théâtre et je ne reviens pas, tu m'entends, Louise, je ne reviens plus jamais... je suis à bout...

LOUISE : Tout ça parce que je te demande d'être poli avec ta belle-sœur !

JEAN-CLAUDE : Parce qu'elle l'a été elle, sur scène ? ! parce que c'est de l'art, c'est poli ?... parce que c'est classique, c'est poli ? parce que ça rime, c'est poli ? C'est ça ?

LOUISE : Tu n'es quand même pas en train de m'expliquer que Racine est mal élevé ? ! ?

JEAN-CLAUDE : Ta sœur m'a torturé, Louise, tu m'entends, torturé pendant toute la soirée.

Yasmina REZA (née en 1959)

Art (1994)

(Actes Sud-Papiers)

Quittons le domaine théâtral, il n'est pas le seul endroit où il soit difficile de dire ce que l'on pense de l'œuvre que nous regardons. La peinture contemporaine est un des domaines dans lequel nos réactions peuvent être vives. L'art est parfois conceptuel, au service d'une idée, et la peinture peut aller dans le sens d'une provocation de nos habitudes de voir et de concevoir le « beau ». Face à des tableaux contemporains, certains crient au génie, d'autres non.

Marc, seul.

MARC : Mon ami Serge a acheté un tableau. C'est une toile d'environ un mètre soixante sur un mètre vingt, peinte en blanc. Le fond est blanc et si on cligne des yeux, on peut apercevoir de fins liserés blancs transversaux. Mon ami Serge est un ami depuis longtemps. C'est un garçon qui a bien réussi, il est médecin dermatologue et il aime l'*art*. Lundi, je suis allé voir le tableau que Serge a acquis samedi mais qu'il convoitait depuis plusieurs mois. Un tableau blanc, avec des liserés blancs,

Chez Serge,

Posée à même le sol, une toile blanche, avec de fins liserés blancs transversaux. Serge regarde, réjoui, son tableau. Marc regarde le tableau. Serge regarde Marc qui regarde le tableau. Un long temps où tous les sentiments se traduisent sans mot.

MARC : Cher ?
SERGE : Deux cent mille.
MARC : Deux cent mille ?
SERGE : Handtington me le reprend à vingt-deux.
MARC : Qui est-ce ?
SERGE : Handtington ? !
MARC : Connais pas.
SERGE : Handtington ! La galerie Handtington !
MARC : La galerie Handtington te le reprend à vingt-deux ?...
SERGE : Non, pas la galerie. Lui. Handtington lui-même. Pour lui.
MARC : Et pourquoi ce n'est pas Handtington qui l'a acheté ?
SERGE : Parce que tous ces gens ont intérêt à vendre à des particuliers. Il faut que le marché circule.
MARC : Ouais...
SERGE : Alors ?
MARC : ...

SERGE : Tu n'es pas bien là. Regarde-le d'ici. Tu aperçois les lignes ?
MARC : Comment s'appelle le...
SERGE : Peintre. Antrios.
MARC : Connu ?
SERGE : Très. Très !

Un temps.

MARC : Serge, tu n'as pas acheté ce tableau deux cent mille francs ?
SERGE : Mais mon vieux, c'est le prix. C'est un ANTRIOS !
MARC : Tu n'as pas acheté ce tableau deux cent mille francs !
SERGE : J'étais sûr que tu passerais à côté.
MARC : Tu as acheté cette merde deux cent mille francs ? !

MONTY PYTHON

« Après-midi au musée »

Le Grand Livre des Monty Python (1999)

(Trad. de Jérémie Gazeau, Le Cherche Midi)

L'art contemporain provoque des réactions extrêmes ? Qu'à cela ne tienne, tournons-nous vers les chefs-d'œuvre reconnus des siècles passés pour nous rassurer sur notre bon goût. Vraiment ? Et si la visite au musée se révélait moins apaisante que prévu ? Surtout lorsqu'elle est guidée par les Monty Python, une troupe de comiques qui officiait à la télévision anglaise dans les années 1970. Le sacrilège à propos de tant d'œuvres dont nous connaissons la valeur réveille en nous un rire bien complice. Alors, vous les aimez tant que cela, les grands peintres ?

JANET : Bonjour Marge.
MARGE : Bonjour Janet, comment vas-tu ma chérie ?

JANET : Je suis contente de te voir ! Comment va ton petit Ralph ?
MARGE : Oh, ne m'en parle pas ! Il est insupportable ce matin. Ralph, tiens-toi.
JANET : Moi, c'est pareil avec Kevin, il n'arrête pas.
MARGE : Ah bon ?
JANET : Ah... il ne fait que des bêtises. On ne peut pas le laisser cinq minutes tout seul. Tu sais ce qu'il vient de faire ? Il est allé dans la galerie florentine et il a maculé de Ketchup le visage de l'enfant Jésus sur le tableau de Raphaël...
KEVIN : Remets ce chef-d'œuvre de l'art baroque où tu l'as trouvé, s'il te plaît.
MARGE : Je te comprends. Je reviens de l'autre aile, Ralph a pulvérisé toutes les pièces de l'exposition de sculptures danoises contemporaines.
JANET : Kevin est pareil. Il suffit de lui montrer une exposition de poteries de Dresde du début du XVIIIe siècle pour qu'il devienne fou furieux ! Tout à l'heure, on regardait tranquillement les œuvres de l'école maniériste flamande de la Renaissance, ce petit diable a sorti sa bombe de peinture noire et a aspergé la *Femme à la fenêtre* de Vermeer.
MARGE : C'est toujours moins grave que de cracher, mais quand même...
JANET : Ah pour ça, je suis tranquille, Kevin sait que si d'aventure il se permettait de cracher sur une œuvre d'art, jamais plus je ne l'emmènerais au musée.
MARGE : Ah, tu as de la chance. Ralph, lui, ne peut pas s'empêcher de cracher. Et tu sais, il peut atteindre un Van Gogh à plus de 10 mètres... Mais il sait que c'est mal. Hein Ralph, tu sais que c'est mal de cracher sur... Ralph, Ralph... arrête immédiatement de mâcher ce Turner, s'il te plaît ! Tu es un vilain petit garçon ! Allez, recrache-le ! Oh non, regarde ce que tu as fait au *Guerrier valeureux* de Turner, il est tout chiffonné maintenant. Qu'est-ce qu'on va en faire ?

JANET : Il n'y a plus rien à en faire ma chérie, il est bon pour la poubelle.
MARGE : Tu crois ?
JANET : Je le sais. Kevin a mangé la plupart des peintres paysagistes du début du XIXe siècle. Quand tu peux en récupérer un, il n'y a plus qu'à le mettre à la poubelle. À ce propos, j'ai comme un petit creux moi, pas toi ?
MARGE : Tu veux le bout de Turner ?
JANET : Oui, donne. Bof, ça n'a pas trop de goût. Je n'ai jamais vraiment aimé Turner.
MARGE : Non, moi non plus. Je ne m'y connais pas en peinture, mais au moins, je sais ce que j'aime.

Groupement de textes stylistique

Variations sur le dialogue

LORSQUE ROLAND DUBILLARD intitule son œuvre *Les Diablogues,* il crée un mot-valise à partir des deux mots, diable et dialogue ; il établit ainsi dès l'ouverture du texte un jeu avec le dialogue, un monde dans lequel le diable viendra se jouer des échanges, les pervertir à l'insu des deux personnages. Notons au passage que le diable revient dans l'un des autres mots-valises souvent repris par les commentateurs, « fourmidiable » (« Monstres sacrés »), comme on l'a vu. Mais n'allons pas y chercher une figure démoniaque perpétuellement inquiétante, ce serait dénaturer le dialogue en le prenant trop au sérieux. Dubillard a d'ailleurs déclaré en 1997 à Mathieu Lindon à propos de ses débuts littéraires : « C'est plutôt Queneau qui me plaisait. Il était comme moi Raymond Queneau, il ne se prenait pas au sérieux, mais son œuvre tient quand même toute seule avec un sens. » Les textes qui suivent présentent aussi une perversion d'un dialogue dans lequel un grain de sable vient faire déjouer la mécanique de l'échange. Il s'agit toujours de scènes à deux personnages, écoutez-les échanger et jouer, et, pourquoi pas, entraînez-vous à les jouer.

Jean TARDIEU (1903-1995)

Finissez vos phrases (1978)

(« Folio Junior Théâtre », nº 1046)

Jean Tardieu est connu comme poète, homme de radio et auteur de théâtre. Et son œuvre théâtrale apporte la preuve qu'il est un maître dans l'art des pièces courtes. Il passe en revue des contraintes de langage, allant même jusqu'à inventer une langue dans la célèbre pièce, Un mot pour un autre. *Dans ce dialogue-ci, comme son titre l'indique, les personnages ne finissent pas leurs phrases, l'un parce qu'il pense trop vite, l'autre parce qu'il est ému.*

PERSONNAGES
MONSIEUR A, *quelconque. Ni vieux, ni jeune.*
MADAME B, *même genre.*

Monsieur A et Madame B, personnages quelconques, mais pleins d'élan (comme s'ils étaient toujours sur le point de dire quelque chose d'explicite), se rencontrent dans une rue quelconque, devant la terrasse d'un café.

MONSIEUR A, *avec chaleur* : Oh ! Chère amie. Quelle chance de vous…
MADAME B, *ravie* : Très heureuse, moi aussi. Très heureuse de… vraiment oui !
MONSIEUR A : Comment allez-vous, depuis que ?…
MADAME B, *très naturelle* : Depuis que ? Eh ! Bien ! J'ai continué, vous savez, j'ai continué à…
MONSIEUR A : Comme c'est !… Enfin, oui vraiment, je trouve que c'est…
MADAME B, *modeste* : Oh, n'exagérons rien ! C'est seulement, c'est uniquement… Je veux dire : ce n'est pas tellement, tellement…
MONSIEUR A, *intrigué, mais sceptique* : Pas tellement, pas tellement, vous croyez ?

MADAME B, *restrictive* : Du moins je le... je, je, je... Enfin !...

MONSIEUR A, *avec admiration* : Oui, je comprends : vous êtes trop, vous avez trop de...

MADAME B, *toujours modeste, mais flattée* : Mais non, mais non : plutôt pas assez...

MONSIEUR A, *réconfortant* : Taisez-vous donc ! Vous n'allez pas nous... ?

MADAME B, *riant franchement* : Non ! Non ! Je n'irai pas jusque-là !

Un temps très long. Ils se regardent l'un l'autre en souriant.

MONSIEUR A : Mais, au fait ! Puis-je vous demander où vous... ?

MADAME B, *très précise et décidée* : Mais pas de ! Non, non, rien, rien. Je vais jusqu'au, pour aller chercher mon. Puis je reviens à la...

MONSIEUR A, *engageant et galant, offrant son bras* : Me permettez-vous de... ?

MADAME B : Mais, bien entendu ! Nous ferons ensemble un bout de...

MONSIEUR A : Parfait, parfait ! Alors, je vous en prie. Veuillez passer par ! Je vous suis. Mais, à cette heure-ci, attention à, attention aux !

MADAME B, *acceptant son bras, soudain volubile* : Vous avez bien raison. C'est pourquoi je suis toujours très. Je pense encore à mon pauvre. Il allait, comme ça, sans — ou plutôt avec. Et tout à coup, voilà que ! Ah la la ! Brusquement ! Parfaitement. C'est comme ça que. Oh ! J'y pense, j'y pense ! Lui qui ! Avoir eu tant de ! Et voilà que plus ! Et moi je, moi je, moi je !

MONSIEUR A : Pauvre chère ! Pauvre lui ! Pauvre vous !

MADAME B, *soupirant* : Hélas oui ! Voilà le mot ! C'est cela !

Une voiture passe vivement, en klaxonnant.

MONSIEUR A, *tirant vivement Madame B en arrière* : Attention ! Voilà une !

Autre voiture, en sens inverse. Klaxon.

MADAME B : En voilà une autre !
MONSIEUR A : Que de ! Que de ! Ici pourtant ! On dirait que !
MADAME B : Eh ! Bien ! Quelle chance ! Sans vous, aujourd'hui, je !
MONSIEUR A : Vous êtes trop ! Vous êtes vraiment trop !

Soudain changeant de ton. Presque confidentiel.

Mais si vous n'êtes pas, si vous n'avez pas, ou plutôt : si, vous avez, puis-je vous offrir un ?
MADAME B : Volontiers. Ça sera comme une ! Comme de nouveau si...
MONSIEUR A, *achevant* : Pour ainsi dire. Oui. Tenez, voici justement un. Asseyons-nous !

Ils s'assoient à la terrasse du café.

MONSIEUR A : Tenez, prenez cette... Êtes-vous bien ?
MADAME B : Très bien, merci, je vous...
MONSIEUR A, *appelant* : Garçon !

Nathalie SARRAUTE (1900-1999)

Pour un oui ou pour un non (1981)

(« La bibliothèque Gallimard », n° 185)

Membre important du Nouveau Roman, Nathalie Sarraute est également auteur d'une œuvre théâtrale plus modeste en volume mais très importante par sa force et par l'intérêt que présente le questionnement du langage. Dans ses textes de prose comme dans son théâtre, une même interrogation l'anime quant aux non-dits, au sens des sous-entendus et à la révélation de l'implicite. Pour un oui ou pour un non *est la sixième pièce de Nathalie Sarraute. Deux hommes, H. 1 et H. 2, tentent de comprendre le malaise rampant qui s'est glissé dans leurs relations.*

H. 1 : Des mots ? Entre nous ? Ne me dis pas qu'on a eu des mots... ce n'est pas possible... et je m'en serais souvenu...

H. 2 : Non, pas des mots comme ça... d'autres mots... pas ceux dont on dit qu'on les a « eus »... Des mots qu'on n'a pas « eus », justement... On ne sait pas comment ils vous viennent...

H. 1 : Lesquels ? Quels mots ? Tu me fais languir... tu me taquines...

H. 2 : Mais non, je ne te taquine pas... Mais si je te les dis...

H. 1 : Alors ? Qu'est-ce qui se passera ? Tu me dis que ce n'est rien...

H. 2 : Mais justement, ce n'est rien... Et c'est à cause de ce rien...

H. 1 : Ah on y arrive... C'est à cause de ce rien que tu t'es éloigné ? Que tu as voulu rompre avec moi ?

H. 2, *soupire* : Oui... c'est à cause de ça... Tu ne comprendras jamais... Personne, du reste, ne pourra comprendre...

H. 1 : Essaie toujours... Je ne suis pas si obtus...

H. 2 : Oh si... pour ça, tu l'es. Vous l'êtes tous, du reste.

H. 1 : Alors, chiche... on verra...

H. 2 : Eh bien... tu m'as dit il y a quelque temps... tu m'as dit... quand je me suis vanté de je ne sais plus quoi... de je ne sais plus quel succès... oui... dérisoire..., quand je t'en ai parlé... tu m'as dit : « C'est bien... ça... »

H. 1 : Répète-le, je t'en prie... j'ai dû mal entendre.

H. 2, *prenant courage* : Tu m'as dit : « C'est bien... ça... » Juste avec ce suspens... cet accent...

H. 1 : Ce n'est pas vrai. Ça ne peut pas être ça… ce n'est pas possible…
H. 2 : Tu vois, je te l'avais bien dit… à quoi bon ?…
H. 1 : Non mais vraiment, ce n'est pas une plaisanterie ? Tu parles sérieusement ?
H. 2 : Oui. Très. Très sérieusement.
H. 1 : Écoute, dis-moi si je rêve… si je me trompe… Tu m'aurais fait part d'une réussite… quelle réussite d'ailleurs…
H. 2 : Oh peu importe… une réussite quelconque…
H. 1 : Et alors je t'aurais dit : « C'est bien, ça » ?
H. 2, *soupire* : Pas tout fait ainsi… il y avait entre « C'est bien » et « ça » un intervalle plus grand : « C'est biiien… ça… » Un accent mis sur « bien »… un étirement : « biiien… » et un suspens avant que « ça » arrive… ce n'est pas sans importance.
H. 1 : Et ça… oui, c'est le cas de le dire… ce « ça » précédé d'un suspens t'a poussé à rompre…

Jean-Claude GRUMBERG (né en 1939)

Maman revient pauvre orphelin (1992)

(Actes Sud, repris dans *Trois pièces contemporaines*, « La bibliothèque Gallimard », n° 89)

Cette œuvre de Jean-Claude Grumberg est fortement influencée par son histoire familiale : l'arrestation et la déportation de son père lorsque l'auteur avait quatre ans. Répondant par jeu à des lycéens qui lui reprochaient son abus de didascalies dans ses pièces précédentes, il les prend au mot et rédige une pièce sans aucune didascalie. Il pousse le défi jusqu'à ne pas indiquer les noms des personnages qui parlent. Tout est donc à construire pour le lecteur et le metteur en scène de cette pièce qui navigue entre rêve et réalité, passé et présent.

— Maman, maman, où tu es ? Maman, maman, j'ai mal. Maman, tu n'es pas dans ton fauteuil ? Elle n'est pas dans son fauteuil. Ta télé n'est pas ouverte ? Sa télé n'est pas ouverte. Même pas le transistor ? Maman, où tu es ? Maman, maman ?

— Pourquoi cries-tu ?

— Je cherche maman.

— Ta maman n'est plus là.

— Où elle est ?

— À ma droite.

— À ta droite ?

— À ma droite.

— Qui es-tu toi ? Pourquoi je ne te vois pas ?

— Parce que.

— Parce que quoi ?

— Parce que je suis Dieu.

— Dieu !

— Dieu.

— Alors tu existes ?

— Comme tu vois.

— Alors toute ma vie je me suis trompé ?

— Comment ça mon petit ?

— J'ai cru que tu n'existais pas.

— L'important c'était de croire.

— J'avais tort les autres avaient raison.

— Ce n'est pas parce que tu avais tort que les autres avaient raison.

— Dis-moi…

— Quoi ?

— Quel genre de Dieu tu es ?

— Un Dieu parmi les dieux qui tente de faire de son mieux mais qui peut peu et hélas fait moins encore.

— Tu n'es pas tout à fait Dieu alors ?

— Je suis ton Dieu, disons ton Dieu privatif.

— Ah…

— Fais un vœu.

— Un vœu ?

— Oui. Qu'est-ce que tu veux le plus ?

— Revoir maman.

— Très bien. Assieds-toi et attends. Sois bien sage. Maman revient pauvre orphelin.

Denise BONAL (née en 1921)

Les Pas perdus (2000)

(Éditions Théâtrales)

Le texte suivant est tiré de la pièce de Denise Bonal, Les Pas perdus. *Cette pièce a été créée à New York par Françoise Kourlisky et diffusée par France Culture dans une réalisation de Marguerite Gateau. Son action se déroule dans la salle des pas perdus d'une gare. Elle se compose d'une suite de scènes dialoguées dans lesquelles sont échangées les paroles de ceux qui partent et de ceux qui restent : des au revoir, des adieux, des déclarations, des moments douloureux ou pleins d'espoir. La gare, lieu public et impersonnel, devient ici le lieu d'une parole intime. Le jeu du dialogue découle du phénomène d'écho qui s'établit tout au long du texte.*

La gare est déserte, sous une lumière blafarde. Ils sont enlacés.

ELLE : Tu reviendras ?
LUI : Je reviendrai.
ELLE : Tu m'aimeras encore ?
LUI : Je t'aimerai toujours.
ELLE : Tu me le diras ?
LUI : Je te le dirai et le redirai.
ELLE : Tu ne m'oublieras pas ?
LUI : Je ne t'oublierai pas.
ELLE : Tu ne changeras pas ?
LUI : Je ne changerai pas.
ELLE : J'ai raison d'avoir confiance ?
LUI : Tu as raison d'avoir confiance.
ELLE : Même si tu restes longtemps ?
LUI : Même si je reste longtemps.
ELLE : Tu m'écriras ?
LUI : Je t'écrirai.
ELLE : Tu attendras mes lettres ?
LUI : J'attendrai tes lettres.

ELLE : Le soir, seul dans ton lit, tu m'entoureras de tes bras ?
LUI : Le soir, dans mon lit, je t'entourerai de mes bras.
ELLE : J'ai mal.
LUI : J'ai mal aussi.
ELLE : Regarde-moi.
LUI : Je te regarde.
ELLE : Ne perds pas ma photo.
LUI : Je ne la perdrai pas.
ELLE : Embrasse-moi.

Il l'embrasse. Elle pleure.

LUI : Ne pleure pas. Tu verras dans dix ans.

Daniil HARMS (1905-1942)

« Dispute »

Œuvres en prose et en vers (2005)

(Trad. d'Ivan Mignot, Verdier)

Daniil Harms, né à Saint-Pétersbourg, crée dans les années 1920 le groupe Oberiou pour un « art réel », dans le but de combattre la pétrification, l'immobilité du goût et l'hypocrisie du monde. Harms écrit et monte la pièce Elisaviéta Bam. *Plus tard, il est exclu par Staline de l'Union des écrivains et il meurt en détention psychiatrique le 2 février 1942. Ce court dialogue de type farcesque peut être joué en boucle.*

KOUKLOV : Je suis un prince !
BOGADIELNEV : Ah, tu es un prince !
KOUKLOV : Et qu'est-ce que ça fait que je sois un prince ?
BOGADIELNEV : *Ça fait* que je vais t'éclabousser de soupe !
KOUKLOV : Non, il ne faut pas !

BOGADIELNEV : Pourquoi donc est-ce qu'il ne faut pas ?

KOUKLOV : Et pourquoi faudrait-il m'éclabousser de soupe ?

BOGADIELNEV : Tu crois que parce que tu es prince, on ne peut pas verser de soupe sur toi ?

KOUKLOV : Oui, c'est ce que je pense

BOGADIELNEV : Et moi, je pense le contraire.

KOUKLOV : Tu as ton avis, moi j'ai le mien !

BOGADIELNEV : Et moi, j'en n'ai rien à foutre de toi !

KOUKLOV : Et toi, tu n'as aucun contenu intérieur !

BOGADIELNEV : Et toi, tu as le nez comme une auge !

KOUKLOV : Et toi, tu as l'expression de quelqu'un qui ne sait pas où s'asseoir.

BOGADIELNEV : Et toi, tu as le cou taillé en quenouille !

KOUKLOV : Et toi, tu es un porc !

BOGADIELNEV : Et moi, je vais t'arracher les oreilles !

KOUKLOV : Et toi, tu es un porc !

BOGADIELNEV : Et moi, je vais t'arracher les oreilles

KOUKLOV : Et toi, tu es un porc !

BOGADIELNEV : Et toi, tu es quoi ?

KOUKLOV : Moi, je suis un prince.

BOGADIELNEV : Ah oui, tu es un prince !

KOUKLOV : Et qu'est-ce que ça fait que je sois un prince ?

BOGADIELNEV : Ça fait que je vais t'éclabousser de soupe !

Chronologie

Roland Dubillard et son temps

1.

Les années d'éducation

Roland Dubillard naît à Paris le 2 décembre 1923. Son père, Henri Dubillard, travaille dans le commerce international de sardines et sa mère, Germaine Dehé, est femme au foyer. La profession d'Henri oblige la famille à séjourner tantôt à Paris, tantôt à Marseille. En 1936, après la mort de son père dans un accident de voiture, sa mère s'installe avec ses deux enfants chez son propre père à Saint-Mandé. Roland est lycéen à Louis-le-Grand, puis commence des études de lettres à l'université. En 1943, il s'intéresse plus spécialement au théâtre, en fréquentant la Maison des Lettres, un centre pour les étudiants dirigé par Pierre-Aimé Touchard. Il y fait la connaissance de ceux qui resteront ses amis, Pierre Dumayet, Romain Weingarten, Jean-Pierre Marchand et Alain Resnais. Pendant la guerre, il s'engage dans la Résistance dans les rangs des Francs-tireurs et partisans, tout en préparant une licence de philosophie qu'il obtient en 1944. En 1946, il part pour l'Autriche, fait partie des troupes françaises qui occupent le pays vaincu, et y crée une pièce, *Il ne faut pas boire son prochain*, pièce jugée effrayante pour le public auquel elle était destinée : des enfants. Une seule représentation sur le sol autrichien, avant son interdiction ! On la crut longtemps perdue, mais elle reparaîtra en 1997. Bien des textes de jeunesse n'ont jamais été publiés : citons *Le Martyre de sainte Agnès*, *L'Isba sanglante*, signée d'un pseudonyme facile à décoder, Lord Brandi-Ladull, *X assassine à minuit trente*, *Les Noces de Catherine*, *Le Derrière des gens*, *L'Art du mélodrame*... De 1943 à 1947, Roland Dubillard a écrit des textes pour ses amis, joué lui-même dans ses pièces et dans d'autres écrites par des proches. Mais il a aussi donné des contes, des nouvelles, des poèmes, car chez lui l'écriture, dès l'origine, est multiple.

1933	En Allemagne, Hitler devient chancelier.
1936	Victoire du Front populaire en France.
1938	*La Nausée*, Sartre.
1939	Début de la Seconde Guerre mondiale.
1940	Pétain signe l'Armistice, la France est occupée et dirigée depuis Vichy par un gouvernement de collaboration. La Résistance s'organise, de l'extérieur et à l'intérieur du pays.
1942	*L'Étranger*, Camus.
1944	La France est libérée.
1945	Capitulation de l'Allemagne, puis du Japon. En France, mise en place de la RDF, radiodiffusion française, instrument du monopole de l'État sur les ondes.

2.

Les années radio

De retour à Paris, Roland Dubillard participe aux activités du Club d'essai de la radiodiffusion française dirigée par Jean Tardieu. À partir de 1947, il rédige des sketches, en particulier pour l'émission « Les extrêmes se touchent ». Mais son activité à la radio ne l'empêche pas de poursuivre d'autres voies d'écriture et de jeu : ainsi, en 1947, il participe à l'écriture d'un court-métrage d'Alain Resnais, *L'alcool tue,* dans lequel il joue également ; en 1948, il tient un rôle dans *Ankara,* la pièce d'un ami de la Maison des Lettres, Romain Weingarten ; il écrit aussi un récit, *Confession d'un fumeur de tabac français,* des pages emplies de poésie, de fantaisie, d'humour et de dérision, librement inspirées d'un texte anglais du XIXe siècle, *Les Confessions d'un mangeur d'opium* (Thomas De Quincey).

En 1952, il commence une nouvelle pièce, *Naïves hirondelles.* Dans le même temps, il compose pour la radio une « opérette sans musique », *Si Camille me voyait !* Après avoir été diffusée, cette pièce est portée sur les planches et mise en scène au théâtre de Babylone par Jean-Marie Serreau. Roland Dubillard y interprète le rôle de Laurent de Vitpertuise. C'est en 1953 que Philippe de Chérisey lui demande de participer à une émission de radio commandée par Agathe Mela. Le 7 mai 1954, Grégoire et Amédée, alias Dubillard et Chérisey, officient pour la première fois. Ils écriront un livre ensemble, sobrement intitulé *Livre à vendre*, publié en 1957, et quitteront définitivement cette séquence radio après une dernière émission, le 27 mars 1960. Roland Dubillard a joué dans des pièces de François Billetdoux, d'August Strindberg, de Julia Chamorel, de Fernando Arrabal et de René de Obaldia. Plus étonnant, il a été, pendant un an, en 1956, psychothérapeute à la clinique de Chailles près de Blois.

1950	*La Cantatrice chauve*, Ionesco.
1953	Création de *En attendant Godot* de Beckett.
1954	Début de la guerre d'Algérie. Première utilisation de la bande FM.
1958	Naissance de la Ve république, de Gaulle président. *Mon oncle*, film de Jacques Tati.
1959	*Zazie dans le métro*, Queneau. Début de la nouvelle vague du cinéma français (Godard, Truffaut, Demy, Chabrol).

3.

Les années théâtre

La version définitive de *Naïves hirondelles* est achevée en 1960 et la pièce est créée le 16 octobre 1961 dans une mise en scène d'Arlette Reinerg. Dubillard y tient le rôle de Fernand. Eugène Ionesco lui-même salue la pièce et son auteur en qui il voit « un parent » dans un article au titre évocateur : « Pour défendre Weingarten et Dubillard ». En 1962, Arlette Reinerg crée au théâtre de Lutèce *La Maison d'os*, avec l'auteur dans l'un des rôles. Ces deux pièces partent en tournée à l'étranger durant les années 1963-1966. En 1967, Roland Dubillard commence la rédaction du *Jardin aux betteraves*, qu'il achèvera l'année suivante : l'histoire d'un quatuor à cordes dans une étrange maison de la culture. Il se lance aussi dans la traduction d'une pièce d'un auteur anglais, David Mercer. En 1970, il rédige et met lui-même en scène *Les Crabes ou les Hôtes et les hôtes*. 1971 est l'année d'une consécration dans le monde du théâtre : *Si Camille me voyait !* entre au répertoire de la Comédie-Française. L'année suivante, *… Où boivent les vaches* est créé par la compagnie Renaud-Barrault.

Cependant, là encore, les activités de Dubillard ne s'arrêtent pas au théâtre : radio, télévision, cinéma mobilisent également sa création. Il participe à des films et rédige des *scenarii*. Le cinéma tient une place importante dans sa vie et il reçoit en novembre 1973 le Grand Prix d'interprétation de l'Académie du cinéma pour *Quelque part, quelqu'un*, un film de Yannick Bellon. En 1974, c'est pour une autre facette de son talent qu'il est récompensé : *Olga ma vache* est couronné du Grand Prix d'humour noir Xavier-Forneret. L'année suivante, *Les Diablogues* sont créés au théâtre de la Michodière, avec Claude Piéplu et lui-même, dans une mise en scène de Jean Chouquet ; jusque-là, les textes de Grégoire et Amédée avaient été joués à diverses reprises, avec et sans Dubillard, mais sous d'autres titres. L'auteur retrouve d'ailleurs son complice Philippe de Chérisey l'année suivante au théâtre de l'Atelier dans *Le Bain de vapeur*.

Pendant la période qui suit, Roland Dubillard est moins joué. Ses projets, pourtant nombreux, restent souvent inachevés, comme *Astoire*, une œuvre qu'il envisage comme un long poème en même temps qu'un film, un roman et un opéra. Le scénario des *Chiens en conserve*, quant à lui, ne devient pas un film comme prévu, mais est créé à la radio en 1978. La seule de ses pièces à être mise en scène, c'est ... *Où boivent les vaches*, en 1983. Dubillard continue cependant d'écrire, de traduire et de jouer. Il crée une dernière pièce en 1986, *Des chiens sous la minuterie.* Mais il est victime d'un accident vasculaire en 1987, et frappé d'hémiplégie. Son écriture, désormais difficile, ne s'arrête pas pour autant.

1962	Indépendance de l'Algérie.
1963	Inauguration de la Maison de la Radio. Publication de *Pour un nouveau roman* de Robbe-Grillet, manifeste d'une nouvelle famille littéraire qui refuse la psychologie des personnages.
1965	*Les Choses*, Perec.
1968	Mouvements ouvriers et étudiants de protestation. Grève générale.
1969	Le général de Gaulle quitte le pouvoir. *La Disparition*, Perec.
1974	Valéry Giscard d'Estaing président de la République ; la majorité passe à 18 ans.
1977	Ouverture à Paris du Centre national Georges-Pompidou, familièrement appelé Beaubourg.
1981	François Mitterrand devient président de la République. Fin du monopole d'État sur la radio.
1989	Chute du mur de Berlin et des régimes communistes en Europe.

4.

Les années du renouveau

Éric Vigner est le premier à reprendre des textes de Dubillard, en 1991 il met en scène *La Maison d'os.* D'autres suivent et permettent à une nouvelle génération de faire connaissance avec cet auteur important : *Les Diablogues* sont mis en scène par Catherine Marnas à la maison de la culture de Bobigny en 1993 et *Naïves hirondelles* à la Comédie-Française dans une mise en scène de Pierre Vial en 1994. En 1995, à l'occasion d'une reprise des *Crabes* dans une mise en scène de l'auteur au théâtre de la Bastille, Dubillard reçoit le Grand Prix du théâtre de l'Académie française. En 1996, Catherine Marnas crée au théâtre Treize, à Paris, *Les Chiens de conserve*, d'après le scénario écrit pour le cinéma. Avec l'aide de Diane Henneton, l'un des tout premiers textes a pu être retrouvé et publié, *Il ne faut pas boire son prochain.* En 1998, Dubillard met en scène au Festival d'Avignon *Je dirai que je suis tombé*, montage de textes poétiques et dramatiques. Il poursuit la rédaction d'une pièce provisoirement intitulée *Madame fait ce qu'elle dit*, qu'il écrit pour Maria Machado, sa femme depuis 1975, qui était aussi sa partenaire sur scène. La même année, les éditions Gallimard publient les *Carnets en marge*, sélection de pages de journaux tenus par Dubillard entre 1947 et 1997. C'est l'occasion pour la presse de faire redécouvrir un auteur majeur du XXe siècle. Entre mars et avril 2004, un Festival Dubillard est organisé au théâtre du Rond-

Point : beaucoup de ses pièces sont jouées pour l'occasion : *Le Jardin aux betteraves*, mis en scène par Jean-Michel Ribes ; ... *Où boivent les vaches*, mis en scène par Éric Vigner ; la reprise des *Chiens de conserve* par Catherine Marnas ; *Les Crabes*, mis en scène par Caterina Gozzi ; un montage du poème *La Boîte à outils*, proposé par Anne Bourgeois ; Ariane Dubillard, sa fille, actrice et chanteuse, propose son cabaret Dubillard, *Paternelle II* ; *Naïves hirondelles*, mis en scène par Vincent Debost ; et finalement, des fragments de *Madame fait ce qu'elle dit*, dans une création de Werner Schroeter interprétée par Maria Machado ! Un bel hommage pour les quatre-vingts ans de l'auteur. La dernière reprise en date, celle des *Diablogues* joués par Jacques Gamblin et François Morel, a été l'occasion de reconnaître une fois de plus Dubillard, en lui attribuant le Molière 2008 du meilleur auteur.

1995	Jacques Chirac président de la République.
2001	Attentats du 11-Septembre aux États-Unis.
2002	Jean-Marie Le Pen, représentant de l'extrême droite, arrive en deuxième position au premier tour des élections présidentielles.
2007	Nicolas Sarkozy devient président de la République.

Éléments pour une fiche de lecture

Regarder le tableau

- Étudiez la proportion des objets de ce tableau. Quel sentiment cela produit-il ?
- Imaginez que le peintre ait ajouté un personnage humain. D'après vous, de quelle taille aurait-il été ? Immense et dépassant du cadre de la chambre, mais susceptible de se servir du verre et du peigne ? Ou au contraire tout petit par rapport aux ustensiles de toilette mais susceptible de se coucher dans le lit adossé au mur ? Pourquoi, d'après vous, n'y a-t-il pas de personnage humain ?
- Choisissez deux objets et faites-en les personnages d'une pièce de théâtre. Écrivez leur dialogue.

Vue d'ensemble

- Proposez plusieurs classements possibles des diablogues présentés et justifiez vos regroupements : ils peuvent être fondés sur :

  — des parentés thématiques ;

  — les rapports plus ou moins conflictuels entre Un et Deux ;

— la tonalité dominante des textes : farcesque, absurde, lyrique…

- « Ce n'est pas un événement qui me donne des idées, non c'est l'imaginaire. Enfin, c'est dans mon imagination que se produit l'événement. En fait, je n'aime pas raconter des histoires, je n'aime pas les pièces qui racontent des histoires, je n'aime pas non plus les films qui racontent des histoires. Alors, je ne vois pas pourquoi j'en raconterais. Je préfère faire un montage d'émotions et une construction émotive comme sont émotives les constructions de Beethoven. » Ainsi s'exprimait Roland Dubillard à la radio à propos des *Diablogues.* Les textes de ce recueil vous semblent-ils répondre à une telle déclaration ?
  — Quelle est la part d'imaginaire dans les sketches ? Quels sont les événements représentés ?
  — Peut-on réellement dire de ces textes qu'ils ne racontent pas d'histoire ?
  — Quelles émotions différentes sont mises à contribution dans ce recueil ?
- Faites une analyse des différents types de comique à l'œuvre dans *Les Diablogues* : comique de mot, de gestes, de situation, de caractère, absurde… Pour chacune des catégories du comique, vous citerez un passage d'un des textes de Dubillard et vous justifierez votre choix en montrant comment y fonctionne l'écriture comique.

Écriture

- Seul ou à deux, devenez Grégoire et Amédée et imaginez un dialogue dans lequel vous vous appuierez sur l'univers quotidien pour en montrer l'étrangeté.

- Voici d'autres titres de diablogues, ainsi que leur ouverture : *Le plongeon*, *Les voisins*, *Pour le Goncourt*. Choisissez-en un et poursuivez en une dizaine de répliques.

« *Un et Deux sont en maillot de bain. Ils s'apprêtent à plonger dans une rivière qu'on ne voit pas.*

UN : Un, deux, trois, hop !
DEUX : Voilà, ça, c'est bien vous ! vous dites hop ! et puis vous ne sautez pas. »

« *Chez Un, Un et Deux regardent à travers un mur par deux trous minuscules.*

UN : Il est gros, hein ?
DEUX : Non, il est petit.
UN : Oui, c'est un petit gros.
DEUX : Regardez, regardez, regardez ! le voilà parti. »

« UN : Voyez : J'ai apporté mon stylo, du papier, un œuf dur pour tenir le coup plusieurs nuits, et cette pile de romans, enfin, qui devraient nous montrer l'exemple.
DEUX : J'ai plusieurs titres pour notre roman.
UN : Dites-les. »

- Vous êtes éditeur et vous venez de recevoir l'un des diablogues de ce recueil (à vous de choisir lequel). Rédigez la lettre que vous adressez à l'auteur pour l'encourager à poursuivre dans ce sens et vous adresser d'autres textes en vue d'une publication.
- Vous êtes acteur et on vient de vous proposer de jouer dans *Les Diablogues.* Écrivez au metteur en scène pour lui donner une réponse que vous justifierez de façon précise.

À vous de jouer, du texte à la scène : séance de travail sur un diablogue

1) Constitution de binômes.
2) Distribution à chaque couple du même diablogue.
3) Lecture silencieuse.
4) Lecture par le groupe 1 à voix haute sur l'estrade.
5) Explication du sens littéral du texte.
6) Explication du principe : introduire une contrainte de lecture.
7) Lecture par le groupe 2 à voix haute (le personnage A parle tout de suite / le personnage B attend 3 secondes avant de parler).
8) Recherche des explications possibles pour commenter la prise de parole des deux.
9) Introduction de la contrainte 2 : inversion de la contrainte de réactivité (le personnage B parle tout de suite / le personnage A attend 3 secondes avant de parler).
10) Recherche des explications possibles pour commenter la prise de parole des deux.

11) Comparaison des deux versions.
12) Choix de la version la plus convaincante et introduction d'une consigne supplémentaire : en deux endroits, la contrainte choisie n'est pas appliquée.
13) Passage de 2 ou 3 groupes. Analyse et comparaison des résultats.
14) Il existe de nombreuses contraintes à explorer, à combiner et à exagérer : volume sonore fort ou faible, vitesse rapide ou lente.
15) Que manque-t-il pour que cela soit du théâtre ? L'espace.
16) Introduction d'une contrainte spatiale (le personnage A est debout, le personnage B est assis).
17) Un groupe vient jouer.
18) Inversion de la contrainte spatiale (le personnage A est assis, le personnage B est debout).
19) Analyse et comparaison.
20) On peut maintenant distribuer un texte différent à chaque groupe. La séance a permis de partir du texte et d'arriver au jeu. On a exploré la richesse des textes de Dubillard et on a montré qu'un texte de théâtre est rempli d'une multitude de possibilités et de sens. On a souligné d'autre part qu'un même sentiment pouvait s'exprimer de manières différentes (par exemple, la colère en criant, en chuchotant, en se taisant).
21) Chacun maintenant est impatient de jouer *Les Diablogues.*

Collège

DANS LA MÊME COLLECTION

ÉSOPE, Jean de LA FONTAINE, Jean ANOUILH, *50 Fables* (186)

Georges FEYDEAU, *Feu la mère de Madame* (188)

Gustave FLAUBERT, *Trois Contes* (6)

Théophile GAUTIER, *3 Contes fantastiques* (214)

Romain GARY, *La Promesse de l'aube* (169)

Jean GIONO, *L'homme qui plantait des arbres + Écrire la nature* (anthologie) (134)

Nicolas GOGOL, *Le Nez. Le Manteau* (187)

Wilhelm et Jacob GRIMM, *Contes* (textes choisis) (72)

Ernest HEMINGWAY, *Le vieil homme et la mer* (63)

HOMÈRE, *Odyssée* (18)

Victor HUGO, *Claude Gueux* suivi de *La Chute* (15)

Victor HUGO, *Jean Valjean (Un parcours autour des* Misérables*)* (117)

Thierry JONQUET, *La Vie de ma mère !* (106)

Joseph KESSEL, *Le Lion* (30)

Jean de LA FONTAINE, *Fables* (34)

J. M. G. LE CLÉZIO, *Mondo et autres histoires* (67)

Gaston LEROUX, *Le Mystère de la chambre jaune* (4)

Jack LONDON, *Loup brun* (210)

Guy de MAUPASSANT, *12 contes réalistes* (42)

Guy de MAUPASSANT, *Boule de suif* (103)

MOLIÈRE, *Les Fourberies de Scapin* (3)

MOLIÈRE, *Le Médecin malgré lui* (20)

MOLIÈRE, *Trois courtes pièces* (26)

MOLIÈRE, *L'Avare* (41)

MOLIÈRE, *Les Précieuses ridicules* (163)

MOLIÈRE, *Le Sicilien ou l'Amour peintre* (203)

Alfred de MUSSET, *Fantasio* (182)

George ORWELL, *La Ferme des animaux* (94)

DANS LA MÊME COLLECTION

Amos OZ, *Soudain dans la forêt profonde* (196)
Louis PERGAUD, *La Guerre des boutons* (65)
Charles PERRAULT, *Contes de ma Mère l'Oye* (9)
Edgar Allan POE, *6 nouvelles fantastiques* (164)
Jacques PRÉVERT, *Paroles* (29)
Jules RENARD, *Poil de Carotte* (66)
Antoine de SAINT-EXUPÉRY, *Vol de nuit* (114)
Mary SHELLEY, *Frankenstein ou le Prométhée moderne* (145)
John STEINBECK, *Des souris et des hommes* (47)
Robert Louis STEVENSON, *L'Étrange Cas du docteur Jekyll et de M. Hyde* (53)
Jean TARDIEU, *9 courtes pièces* (156)
Michel TOURNIER, *Vendredi ou La Vie sauvage* (44)
Fred UHLMAN, *L'Ami retrouvé* (50)
Jules VALLÈS, *L'Enfant* (12)
Paul VERLAINE, *Fêtes galantes* (38)
Jules VERNE, *Le Tour du monde en 80 jours* (32)
H. G. WELLS, *La Guerre des mondes* (116)
Oscar WILDE, *Le Fantôme de Canterville* (22)
Richard WRIGHT, *Black Boy* (199)
Marguerite YOURCENAR, *Comment Wang-Fô fut sauvé et autres nouvelles* (100)
Émile ZOLA, *3 nouvelles* (141)